為美好的世界獻上祝福！ 12

女騎士的搖籃曲

暁 なつめ

illustration 三嶋くろね

Kadokawa Fantastic Novels

Character
克婭
職業 大祭司
任誰都無法控制的水之女神。專長是宴會才藝。
和真
職業 冒險者
尼特主角。優點在於幸運值之高。
達克妮絲
職業 十字騎士
司防禦的受虐狂女騎士。
實是大貴族家的千金。
惠惠
職業 大法師
紅魔族首屈一指的天才。只對爆裂魔法有興趣。
點仔
爵爾帝
巴尼爾
年齡不詳的大惡魔。
在維茲的店裡幫忙。
克莉絲
銀髮盜賊團的頭目。
達克妮絲的摯友。

「沒錯，我是很好色！
我乾脆大方承認好了！
今晚我不會讓你睡。」

「應該守護的並非貴族的尊嚴，
無力的弱者們才是真正該守護的人。」

這個男人教了我一句話叫作
不分清濁、兼容並蓄，
現在的我自認算是
比較像樣的為政者了。』

為美好的世界獻上祝福！

女騎士的搖籃曲

CONTENTS

為美好的世界獻上祝福！12
女騎士的搖籃曲
Kadokawa Fantastic Novels

「首先要向公會的大姊姊報告。
然後要去阿克西斯教的教堂，
接著是蔬果店的……」
阿克婭

「我是惠惠。
如妳所見，是個紅魔族，
也是阿克塞爾首屈一指的
魔法師。」
惠惠
「這個孩子的名字叫作
達斯堤尼斯．福特．西兒菲娜。
她是我的堂妹，因為種種因素而來到這個城鎮。」
達克妮絲
「我叫西兒菲娜。
還請各位多多指教。」
西兒菲娜

「你要和我變成同伴以上戀人未滿的關係，還是不要？」

序章

在冒險者公會的中心，一個長得很像達克妮絲，臉色紅潤的小女孩天真無邪地笑著。

「她果然長得很像拉拉蒂娜！吶，妳就對姊姊老實說吧！孩子的爸爸到底是誰？」

被她的笑容迷倒的一名女冒險者，一手拿著啤酒杯去鬧達克妮絲。

「夠了喔，你們這些醉鬼！喂，和真，你也想辦法處理一下這些傢伙吧！」

也不知道是因為喝醉酒了還是因為害羞，從剛才開始就紅著臉的達克妮絲如此向我求救，不過……

「她是我的小孩！」

「小心我宰了你這個混帳！別把事情搞得更複雜！」

見我豎起拇指對女冒險者這麼說，達克妮絲跑過來揪住我。

望著這樣的我和達克妮絲，小女孩咯咯嬌笑。

看見小女孩笑容洋溢的模樣，我都要開始擔心圍在她身邊那些莽漢會不會被警察抓走了。

「吶，和真，差不多該決定這次的VIP了吧！」

「妳要說的是MVP吧。應該說，當然是我啊，那還用得著說嗎？」

我對心情大好的阿克婭如此反駁，惠惠便帶著一臉跩樣插了嘴：

「哎呀，展現出紅魔族奧義的本小姐才是這次的MVP吧？」

「妳明明就只有把材料攪在一起而已吧？那種事情搞不好公會裡的酒保還做得比較好呢。」

見惠惠不開心地鼓起臉頰，我說：

「喂喂，不然直接問當事人如何？問問看她覺得這次表現得最為活躍的冒險者是誰？不過，不用問我也知道是誰就是了。當然是本大爺啊！」

我一邊指著自己，一邊對造成公會現在辦起熱鬧宴會的原因，也就是在達克妮絲懷裡笑得很開心的小女孩這麼問道：

「所以，妳覺得誰表現得最棒啊？」

聽我這麼一問，那個小女孩抬頭看向緊緊抱著自己的達克妮絲——

第一章

為體弱多病的私生女帶來安寧！

1

簡直就像是有人交代了她什麼重要的任務似的，阿克婭帶著充滿決心的表情說：

「我得傳出去……我得讓公會的大家都知道才行……！」

「且、且慢，慢著阿克婭，聽我解釋！」

達克妮絲有個女兒。

「首先要向公會的大姊姊報告。然後要去阿克西斯教的教堂，接著是蔬果店的大叔、肉店的大叔、住在隔壁的大嬸，還有……！」

「阿克婭，別太早下定論！妳先好好看看這個孩子！」

達克妮絲抓住隨時都想衝到外面去的阿克婭拚命說服她，而看著這樣的達克妮絲，我瞄了一下害得事情變成這樣的小女孩。

「……媽媽？」

聽見我這麼喃喃自語，小女孩抖了一下。

受到眾人注視的小女孩像在擔心自己是不是做了什麼不該做的事情一般，露出一臉不安的表情，長得和達克妮絲極為神似。

年紀大概比剛才還在我們家的惠惠的妹妹——米米還要小一點吧。

面對那個小女孩，試圖保持冷靜的惠惠表示：

「也也也、也對啦，既然是貴族，趁年輕生小孩可以說是一種義務了嘛！不過，幸好這個孩子不只髮色和眼睛的顏色，就連眼睛的形狀之類的也長得很像媽媽……！將來肯定是個美女！」

「惠惠不是這樣，這件事情是有緣故的……！拜託你們先聽我說吧！」

就在前幾天。

我們完成了堆積在冒險者公會的所有醃漬任務，也解決了在阿克塞爾積存已久的各種問題。

同時，由於惠惠在活動報告上過於誇飾而讓米米誤以為我們是非常厲害的冒險者，於是我們也藉機滿足了米米的期待，這次應該真的找回了平穩的日常才對。

然而……

「妳這個傢伙又自己加了一個新屬性喔。不過這個新屬性可不能鬧著玩的啊……」

「不不不不、不是啦——！」

儘管眼前有個長得和自己一模一樣的女孩子，達克妮絲在如此鐵證如山的狀況下依然不肯乖乖承認。

「說的也是……從妳那種性癖好來看，打從一開始就不可能在那個年紀了還是處女！妳這個隨便的女人，對象到底是哪裡來的野男人！」

「小心我宰了你這個混帳喔！貴族千金哪會那麼輕易獻身啊！」

這個傢伙都已經好幾次想和我跨越最後一道界線了，事到如今還在說什麼啊！

……話雖如此，孩子是無辜的。

我在一臉困惑的小女孩前面蹲下，露出笑容想讓她放心。

「小妹妹，妳叫什麼名字？」

「啊！等、等一下，西兒菲娜，我現在就對他們說明……！」

達克妮絲連忙想要制止她，但不安地看著四周的少女在忸忸怩怩地玩著手指的同時，已經害羞地低聲開了口：

「達斯堤尼斯．福特．西兒菲娜。」

「她不是妳的女兒的話還會是什麼人妳說。」

「不對，這孩子是我的堂妹！因為是我的堂妹，姓氏一樣也是理所當然的吧！」

達克妮絲用力搖晃著我的同時這麼抗議，一臉快要哭出來的樣子——

「——西兒菲娜，在場的都是我的同伴，所以妳放心吧。好了，快向大家打招呼……」

稍微冷靜下來之後，我們一邊喝著惠惠泡的綠茶，一邊準備好好聽事情的來龍去脈。

原本縮著身體坐在沙發正中央的少女聽達克妮絲如此催促，便挺直身子站了起來。

「我叫西兒菲娜。是媽媽……拉拉蒂娜小姐的堂妹。還請各位多多指教。」

自稱西兒菲娜的小女孩這麼說完，便拎起裙襬低頭行禮。

她雖然小小年紀的感覺相當懂事，這也是因為她是個很有教養的貴族千金吧。

「幸會幸會。大哥哥叫佐藤和真，是妳的媽媽的同伴，在這個城鎮當冒險者。妳可以叫我哥哥或是爸爸。」

「你在說什麼啊，西兒菲娜的父親大人還活著！」

坐在達斯堤尼斯家的千金們對面的我和惠惠把臉湊在一起，交頭接耳了起來。

「和真和真，你覺得這是什麼狀況？那個小女孩就像是嬌弱的縮小版達克妮絲耶。」

「髮色、眼睛的顏色和相貌都很像，但我總覺得她有點太優雅了。達克妮絲應該會生出更健壯又強大的女兒才對。」

「喂，你們兩個，我都聽見了喔！我從剛才開始就一直說她是我的堂妹！西兒菲娜之所以叫我媽媽，是因為這個孩子從小就一直都是我在照顧……！」

看著我們這樣的互動，西兒菲娜輕輕笑了一下。

惠惠見狀，為了把話題拉回來，乾咳了一聲。

「妳叫西兒菲娜對吧。我是惠惠。如妳所見，是個紅魔族，也是阿克塞爾這裡首屈一指的魔法師。」

「惠惠小姐……」

大概是再怎麼樣也不打算在這麼小的小朋友面前說出平常的報名台詞吧，惠惠如此正常地自我介紹，還是讓西兒菲娜瞪大了眼睛。

我猜她大概是對紅魔族那種聽起來很怪的名字產生興趣了。

正當西兒菲娜無從判斷那個名字是玩笑還是當真的時候，達克妮絲輕輕將手放在她的頭上說：

「我正式向你們介紹。這個孩子的名字叫作達斯堤尼斯・福特・西兒菲娜。她是我的堂妹，因為種種因素而來到這個城鎮——」

——根據達克妮絲的說明，這個孩子自幼喪母，所以就把在許多方面都很照顧她的達克妮絲當成母親一般仰慕。

順道一提，達克妮絲的母親是這個孩子的生母的親姊姊，而母親那邊的家系具備強大的魔力和魔法抗性但身體虛弱，於是這個孩子也照例是個體弱多病的女孩。

不過達克妮絲是繼承了父親那邊的健壯身體和母親那邊的魔法抗性，具備雙親的優點，是達斯堤尼斯家的優生混血兒。

「優生混血兒……？」

「吵、吵死了和真，你有意見嗎？不要亂插嘴，乖乖聽到最後！」

最近魔王軍的動態越來越活絡，一再讓這個體弱多病的女孩到外地避難也是一種負擔。因此，她便在達克妮絲的邀約之下，搬到最安全的新手城鎮，也就是阿克塞爾這裡了。

然後，她從達克妮絲的老爸口中得知了這間豪宅，所以才像這樣跑來玩。

「……原來如此，這個設定相當完整呢。」

「的確，這個設定目前是沒有什麼太牽強的地方。」

「才不是設定！你們好歹考慮一下這個孩子的年紀，我要幾歲生下她啊！」

……這時，原本瞪大眼睛看著激動不已的達克妮絲的西兒菲娜，突然輕聲笑個不停。

然後，發現到我們都在看她，她連忙低下頭。

「對、對不起。因為我是第一次看到媽媽……看到拉拉蒂娜小姐這麼開心的模樣，所以才……」

「我看起來哪裡開心了！聽好，西兒菲娜，妳千萬別靠近這個男人。要是像愛麗絲殿下那樣受到不好的影響那還得了。」

達克妮絲一邊這麼說，一邊把西兒菲娜護在背後不讓我接近。

「妳叫西兒菲娜對吧，小妹妹。妳的媽媽呢，雖然嘴上這麼說，可是自己卻一下子在大哥哥洗澡的時候闖進來，一下子在半夜溜進大哥哥的房間裡……」

「別聽他胡說，西兒菲娜！惠惠，妳也說點什麼吧！」

達克妮絲連忙摀住西兒菲娜的雙耳，而一臉冷淡的惠惠斬釘截鐵地對這樣的她說：

「他說的大致上都沒錯啊。」

「惠、惠惠！」

就在這個時候。

原本看著我們這樣的互動笑得很開心的西兒菲娜，突然像是嗆到了一樣，劇烈地咳了起來。

「……西兒菲娜，妳是從我的老家走到這間豪宅來的對吧？妳的身體虛弱，不可以太勉強。我會通知父親大人，妳今天晚上就在這裡過夜吧。妳暫時在這張沙發上休息一下。」

「好的，對不起，媽……拉拉蒂娜小姐……」

西兒菲娜在咳個不停的同時如此改口，達克妮絲露出溫柔的苦笑說了：

「沒關係，叫媽媽就可以了。不過只能在這些人面前叫，除此之外都要叫我的名字。」

「好的，媽媽！」

聽她這麼說，西兒菲娜儘管一臉難受，依然露出了笑容。

真是一段佳話啊……

正當我和惠惠看著這一幕覺得有點溫馨的時候，達克妮絲忽然像是想到了什麼似的開了口：

「對了，如果妳那麼難受的話，請阿克婭對妳施展恢復魔法……」

說到這裡，她還顧四周，整個人僵住。

「……？吶，和真，阿克婭上哪去了？我還想說她怎麼這麼安靜，原來不知不覺間她已經走掉了啊？」

對於達克妮絲後知後覺的發言，我指著大門口說：

「在妳開始說明之前，她就偷偷溜出大門了。」

2

目送著飛奔出豪宅的達克妮絲，西兒菲娜喃喃自語：

「……媽媽跑掉了。」

不知為何，裹著毛毯窩在沙發上的西兒菲娜的背影，看起來就像是有個不中用的媽媽的小孩，感覺隱約散發出哀愁。

「那個傢伙到底想怎樣啊？把這麼小的小孩一個人丟在這裡……」

「……妳叫西兒菲娜對吧。達克妮絲應該等一下就會回來了。在她回來之前，妳先和我們一起玩吧。」

大概是因為有米米這個妹妹而習慣照顧小孩子了，惠惠溫柔地對她笑了一下。

「好！」

西兒菲娜帶著沒什麼血色的蒼白臉色，露出略顯虛弱的笑容──

「──我回來了～」

打開大門的惠惠在這麼說的同時走了進來。

「妳回來了啊，老公。城鎮外面怎麼樣啊？」

坐在沙發上的西兒菲娜依然裹著毛毯，對她笑了一下。

她們現在在玩的，說穿了就是扮家家酒。

「這個嘛，外面有差不多二十隻野生的龍在閒晃，所以我就隨手解決掉牠們了。連熱身運動都算不上。」

聽扮演父親的惠惠這麼說，扮演母親的西兒菲娜轉過頭來，對坐在她身旁的我說：

「聽到了嗎，和真？等你長大了以後，也要當個像父親大人一樣了不起的冒險者喔。」

沒錯，我扮的是她們兩個的兒子。

看來，設定上我似乎是有個武功超強的冒險者父親的勇者。

照理來說應該是惠惠當母親，然後我當父親才對吧……

「我將來才不要做冒險那種危險的事情，我想當個商人，可以對人頤指氣使又很賺錢。我才不想做危險的事情呢。」

「咦？」

或許是沒料到我會這麼說吧，西兒菲娜瞪大了眼睛。

「不、不可以喔，和真，你在說什麼啊！你是繼承了傳說勇者血統的人耶！世間眾生都因為魔王而受苦受難，為母不允許你這樣做！妳也說他幾句吧，老公！」

真的假的，我是傳說勇者的後裔喔。

一臉傷腦筋的西兒菲娜以求助的眼神看向惠惠。

「妳別那麼激動，西兒菲娜，和真的夢想是以務實的態度看待將來，這也是事實。即使擁有戰鬥的才能，身為父親也不希望孩子涉險。只要我們的孩子能夠得到幸福，這樣不就夠了嗎？」

面對難得說了好話的惠惠，西兒菲娜儘管依然感到困惑，還是點了點頭。

「這、這麼說也對……那麼和真，你至少要成為一個大商人，把做生意賺到的錢用來支援其他的勇者大人。」

或許是因為以貴族之女的身分被養大的緣故，西兒菲娜儘管年幼，卻為我樹立了一個偉大的目標。

不過……

「我要用經商所得到的錢和人脈，拐騙腦袋不好的貴族千金，得到地位和權力。然後藉此過著受眾人吹捧，自甘墮落的生活。」

「老公，和真學壞了！我們的兒子學壞了！」

「別那麼激動，西兒菲娜，這個孩子從以前就是這樣……不過和真，拐騙貴族家的大小姐就不太好了。平民出身的你得面對身分差距的問題，一定會因此而勞心勞力吧。所以，如果要找老婆的話，應該找個儘管貧窮卻具備生活能力，充滿知性又寬容的女子才對。」

為什麼連妳對我說教的方向都有點偏掉啊？

「聽見了沒，和真！你要乖乖聽父親大人說的話喔！」

說著，西兒菲娜在沙發上像是在哄小孩一樣摸著我的頭。

看見我被當成小孩一樣告誡，惠惠轉過頭去，肩膀不住抖動。

看來她是在忍笑。

「既然如此，我今天晚上想和父親大人一起睡，然後請父親大人說自己的冒險故事哄我入睡。」

「咦！」

正當惠惠因為我突然反擊而驚訝時，西兒菲娜拍了一下手，像是在贊同這是個好主意。

「說的也是。那麼老公，今晚請妳和這個孩子一起睡，教導他冒險者的心得吧。我也會請媽媽……拉拉蒂娜小姐和我一起睡。」

說著，西兒菲娜喜不自勝地露出微笑。

看來她是想要和達克妮絲一起睡的藉口。

看著那個在沙發上用毛毯裹住脖子以下的部分，像個晴天娃娃似的小女孩笑咪咪的模樣，我自恃不是蘿莉控的信心有點變淡了。

不對，不是這樣的，這是所謂的父性，絕對不是心懷不軌。

這時，惠惠似乎也冒出和我一樣的心情，不知不覺間摸起西兒菲娜的頭來。

看著一臉呆愣的西兒菲娜，惠惠喃喃說：

「有個小孩好像也不壞。」

說完，惠惠赫然回過神來，對著我揮手掩飾。

「我剛才說的不是那個意思喔，我想表達的只是吾之肉體注定終將毀滅，所以留下自己的分身也不壞……！」

簡直就像是說了不像自己會說的話而著急到不行的惠惠，慌張到中二病都發作了。

「如果妳想要小孩的話，我已經準備好隨時協助妳了。」

「你這個男人現在在這麼小的孩子面前說那是什麼鬼話啊！」

3

當天晚上。

「西兒菲娜。聽說他們兩個今天陪妳玩啊，玩得開心嗎？你們到底玩了什麼？」

後來很晚才帶著阿克婭回來的達克妮絲，一邊拿叉子叉著蟾蜍肉排，一邊溫柔地這麼問。

「是的，他們兩位陪我玩扮家家酒。」

或許是還不習慣阿克塞爾的名菜，面對蟾蜍排顯得手忙腳亂的西兒菲娜露出開心的笑。

看著與其說是母女更像是姊妹的兩人……

「所以，妳這到底是在幹嘛？」

我對著在地板上罰跪反省的阿克婭這麼問。

聽我這麼問，阿克婭一副逮到期待已久的機會似的大吵大鬧了起來。

「你聽我說啦和真！達克妮絲很過分，我只不過是稍微到冒險者公會和其他地方去宣傳一下，她就超生氣耶！我被達克妮絲抓起來狠狠教訓一頓之後，立刻對自己施展『heal』，一臉不以為意的樣子，她就威脅我說要動用她們家的權力施壓，叫大家不准賣我酒。我只不過是把親眼見到的事情照實說出去而已耶，你不覺得很過分嗎？」

「妳有沒有想過一走進冒險者公會時，大家就對我說恭喜的時候我是什麼感受啊！被喝醉的冒險者調侃，不知為何還要被公會的櫃檯小姐嫉妒，有夠慘的好嗎！而且大家都在問我孩子的爸爸是誰……」

這時，西兒菲娜聽了這些，一臉歉疚地低下頭。

「對不起，都是我害的，媽媽……因為我好久沒見到妳太開心了，忍不住就……」

「啊，不是這樣的，西兒菲娜！我很喜歡小孩，也不覺得妳給我添了麻煩！大家也只是擅自猜測爸爸是誰，出言捉弄我而已……」

說到這裡，達克妮絲不知為何一直偷瞄我。

「大熱門人選是和真先生，第二名是那個不知道跑到哪裡去的，長得像熊一樣的領主大叔。然後還有誰啊……對了對了，黑馬是那個我忘記叫什麼名字的金髮小混混！」

「我本人好像也沒資格說這種話，不過會跟妳傳緋聞的男人實在沒一個好東西呢。」

「吵死了，你真的沒資格說這種話！」

——吃完晚餐之後，大家圍著西兒菲娜講之前的冒險故事，阿克婭還拿出她當成寶貝一樣珍惜的遊戲機出來給她玩，度過了一段祥和的時光……

正當我在玩從阿克婭手上搶過來的遊戲機的時候，有人敲了我的房門。

「和真，你還醒著嗎？我可以進去嗎？」

從門外傳來的，是聽起來有點拔高的惠惠的聲音。

「醒著是還醒著，不過妳不可以進來。因為妳在這種時段跑來的話，多半都是把我玩弄於股掌之間挑逗了一陣之後，丟下單方面情緒高漲的我就自己跑掉。」

「你是怎樣，不要把我說得像是壞心的色女一樣好嗎！我既沒有把你玩弄於股掌之間，也沒有挑逗你好嗎！」

那我很想說，如果是這樣的話，妳還真是個很有一套的壞女人呢。

我拿著打到一半的電動沒有關，在被窩裡瞄了從門縫當中探出頭來的惠惠一眼。

「所以呢，妳有什麼事？一個人睡不著所以想要我陪妳睡嗎？」

說完，我又把視線轉回遊戲機上，繼續開始打電動。

「就是這樣。我今天晚上想和你一起睡。」

聽惠惠說得一副理所當然。

不禁整個人僵住的我，眼睜睜看著阿克婭費盡心力養出來的遊戲角色被怪物虐殺。

4

「夠了喔，妳的那種邀約已經騙不到我啦。我和沒有學習能力的阿克婭不一樣。妳可不要以為我是個青春期的處男，就會輕易被妳的甜言蜜語所迷惑喔。」

沒錯，我還有大家最喜歡的夢魔小姐可以靠。

昨天因為這個傢伙對我說想要變成同伴以上戀人未滿的關係，害我整夜無法成眠，不過我也沒那麼笨。

像這樣一再用同樣的招數，就算我再怎麼好騙……

「你在說什麼啊，說今天晚上要一起睡的不是和真你嗎？你已經忘記自己在和西兒菲娜玩扮家家酒的時候說過的話了嗎？」

聽惠惠沒好氣地這麼說，害我不小心把手上的遊戲機摔在床上。

我是說過。

沒錯，我那麼說過，我確實那麼說了！

……不對，等一下，還用不著慌張！

「你、你是怎樣，為什麼警戒心會那麼強啊？最近的和真明明也不是沒有那個意思，但是你現在到底在鬧什麼脾氣啊？」

一臉迷惑的惠惠一邊這麼說，一邊走向我。

「我才沒有在鬧脾氣，只是因為每次都看得到吃不到，搞得自己像三流戀愛喜劇的主角一樣覺得很火大而已！我現在可是非常容易衝動的時期。妳也好、達克妮絲也罷，調戲純真處男到底有什麼好玩的？男生一旦動了那個念頭之後那邊就會那樣，很難受的妳知道嗎？」

「那、那個，站在我的立場純粹只是傳達自己的好感，進行更進一步的肢體接觸而已，沒想到那樣會讓你受苦。這、這部分我願意道歉……」

面對突然惱羞成怒的我，一臉困惑的惠惠流著汗如此辯解。

「如果聽懂了妳就出去吧。都怪妳說了那種奇怪的話，害得阿克婭費盡心力養出來的遊戲角色死掉了。我得在今天晚上養到同樣的程度才行，否則她明天一大早就會開始大哭大鬧了。」

「不，請等一下，今晚我是真的有重要的事情要告訴你才來的，拜託你不要把我趕回去！應該說，總覺得我的待遇比電動還差讓我有點火大！」

見惠惠如此堅持，我在床上挺起身子坐了起來。

「是怎樣？如果是說要一起睡還是要陪我睡之類的就免了。那樣只會害我心癢難止，悶出內傷，對年輕男性而言那算是一種拷問。與其觸手可及卻看得到吃不到，那我不如選擇一個人睡。」

「……老是讓你抱持那種不上不下的期待是我不好，但沒想到問題已經變得這麼複雜了呢。不是的，既然如此還是不要一起睡好了，不過你可以陪我聊一下嗎？」

…………

「被妳這麼一說，我又覺得有點可惜，有點落寞……」

「和真其實也很難搞耶！總之我要進去了！」

隨手關上門的惠惠不由分說地在我床上的角落坐了下來。

剛才還盛氣凌人的惠惠突然低下頭，默不吭聲。

她一副有話想說的樣子，臉色變得越來越紅……

「喂，妳別這樣好嗎，幹嘛臉紅啊？有話想說就快說啊，妳們最近為什麼老是做出這種對心臟很不好的行動啊！就是這種行為會害我悶出內傷來啦！」

「請、請等我一下，不要這樣催我！進入正題之前總有一些其他步驟吧，先閒話家常之類的！別太急躁，我們先從一般的對話開始吧。」

紅著臉的惠惠這麼說的時候也沒有抬起頭。

「妳到底是怎樣啊！三更半夜的自己跑來我的房間不說，為何我還得突然陪妳閒話家常才行啊！」

大概是自己也知道自己說了蠢話吧，惠惠的紅眼睛不斷游移。

「對、對了，這麼說來！你和愛麗絲到頭來究竟是怎麼了？米米來了之後事情也跟著不了了之，不過到底是發生了什麼事情才讓你選擇留在王城而不是我們，讓我非常在意。」

這個傢伙幹嘛重提已經過去的事情啊？

那個時候，我說自己因為消除記憶的魔藥而想不起細節，藉此避開詳細的部分不談……

「那個喔，也沒什麼啦，還不是因為被我當成妹妹的愛麗絲哭著抓住我不放，然後又淚眼汪汪地說什麼最喜歡兄長大人、我愛兄長大人、兄長大人不留在城裡愛麗絲會死掉之類，這樣也不能怪我心軟吧。」

「你這個男人還是一樣，為什麼這麼好騙啊？話說回來，什麼愛不愛、不留在城裡會死掉之類的，那個女孩真的有說到這種程度嗎？」

細節或許因為消除記憶的魔藥而在我的腦袋裡面被美化了，不過感覺大致上應該就像這樣沒錯。

……應該說……

「啊啊啊啊啊啊啊，完蛋了——————！」

我想起一件事，從床上跳了起來。

「你你、你幹嘛突然這樣啊？這麼晚了還大吵大鬧不太好吧！要是有人來了該怎麼辦啊！」

「不是啦，是愛麗絲，我把愛麗絲給忘掉了！在我被強灌消除記憶魔藥之前，愛麗絲對我說等我想起她就寫信給她，她會一直一直等我！」

不好了，我得趕快寫信給她才行。

要是愛麗絲對這個世界灰心，難保她不會做出偏激的行動。

我連忙為了寫信衝向書桌。

「請等一下。」

結果坐在床上的惠惠拉住我的衣角。

「怎樣啦？因為和妳閒話家常讓我想起了很重要的事。這件事情很急，妳別妨礙我。」

「房間裡面就有一個年輕女孩，你還想在她眼前寫信給別的女生，就某種意義而言我真的覺得你這樣很厲害！不過，話又說回來了……」

拉著我的衣角的惠惠下定決心，抬起頭來。

「你還記得我昨天說了什麼嗎？」

她的紅眼比平常還要閃亮，臉都紅到耳根去了，目不轉睛地凝視著我。

「妳是說同伴以上，戀人未滿什麼的嗎？」

我怎麼可能忘得了。

都是因為她說了那種話，才害得我遲遲無法成眠。

聽我以拔高的聲音這麼說，紅著臉的惠惠用力點了點頭。

「沒錯。就是我說……想和你變成同伴以上戀人未滿的關係那件事。今晚，我是為了問你的答案來的。」

……咦！

「昨天晚上那個算是妳在對我發動攻勢嗎？妳沒有等我回答，說完就跑掉，我還以為那是某種放置玩法，是妳這個壞女人的新遊戲呢。」

「在和真心目中的我到底有多惡劣啊！我才不會那樣玩弄別人的感情呢！」

如果妳堅稱自己不是那種人的話，可以不要隨便黏到我身上，或是單方面發動攻勢之後就結束一切嗎？

「所以，你的回答呢？」

說著，惠惠帶著閃閃發亮的紅眼，把臉湊了過來……！

「喂，太近了太近了！妳的臉太近了，咦？這是怎樣？那如果我說要交往，我和惠惠就會變成戀人關係了嗎？再說同伴以上戀人未滿是什麼啊？照常說是戀人不就好了！為什麼要在這種部分搞曖昧啊，那才是最重要的地方吧！」

「不，如果變成戀人的話，你想想，這樣我們在大家面前該如何相處都不對吧。所以還是別突然就開始打情罵俏，應該一步一步慢慢來，不慌不忙地緩緩培養感情……」

到了這個節骨眼上，惠惠似乎才對自己的發言感到不好意思，害臊地忸忸怩怩了起來。

「妳那是什麼少女般的反應啊，別這樣好嗎，害得我冷汗直流！」

「我是少女沒錯啊！無論是年紀還是任何人以何種角度來看，我不是少女還能是什麼啊！你時至今日到底是怎麼看待我的啊！」

之前她都那麼直接，現在才突然變成這種態度，害我亂了陣腳。

「……妳該不會是有點著急吧？我想應該不至於這樣，不過妳該不會是把愛麗絲當成情敵了吧？冷靜下來好好想一下，就算是我也沒有人渣到會對那麼小的小女孩出手好嗎？」

「丟著我們不管自己留在王城裡的人到底有什麼資格說這種話啊？對啊，我是很著急沒錯。現在情況已經穩定下來了我才敢這麼說，但你說不回來了的那個時候，我都快要哭出來了。無論幾次我都要說，你別讓我們太擔心好嗎？」

大概是情緒激動起來了吧，惠惠的眼睛發出前所未見的閃亮紅光。

這個傢伙的紅眼至今我看過無數次了，不過從來沒看過這麼鮮豔的顏色。

「而且，我也差不多認清自己是個不中用的魔法師了。這種時候冒出了一個正常的女孩，而且路線還和自己重複，不但強到不行又專情，這樣我當然……！」

惠惠一邊這麼說，一邊亢奮地揪住我的衣領。

不行，這是攻擊的色彩！

「我、我知道了，是我不好！關於那件事真的是我不好，我道歉，真的很抱歉！對不起！」

儘管害怕的我如此道歉，惠惠的眼睛閃亮的鮮紅色依然沒有褪去。

「所以呢，你打算怎麼辦？你要和我變成同伴以上戀人未滿的關係，還是不要？」

一臉認真的惠惠對我這麼說，看起來有幾分怒意。

這是怎樣，從古到今有過這麼沒氣氛的告白嗎？

以這樣與其說是告白更接近恐嚇的口吻這麼說的惠惠把臉湊了過來，不斷逼近我。

這個時候在回答之前，我有件事情想先確認一下。

「同伴以上戀人未滿的關係，可以進展到什麼程度？就是……有很多階段嘛。那些事情妳應該也知道吧。」

聽我這麼說，惠惠面紅耳赤地低下頭。

「我知道啊，我當然知道。這麼說來，我們還沒做過那一類的事情呢。好吧，就這麼決定了。今天都已經這麼晚了，那就明天一大早行動吧！」

都已經這麼晚了？

明天一大早？

「不對吧，就是在這種時間才可以做那一類的事情吧？」

「……請等一下，和真，我們雙方的想法可能有落差喔。和真是想說哪一類的事情啊？總覺得不久之前好像也發生過類似這樣的狀況，姑且還是先數到三，一起說說看彼此想做什麼好了。」

一、二、三。

「作人。」

「約會。」

原來如此，這麼說來我們確實是沒有好好約會過。

「喂。」

面對一臉認真地吐嘈我的惠惠，我露出恍然大悟的表情拍了一下手。

「說的也是，我們都還沒有好好約會過呢。跳過這個階段就直接成為戀人關係，好像在很多方面都不太對。」

「你是怎樣，那麼想作人嗎！可以啊，套一句我媽昨天說過的話，如果你願意確實負責的話就來啊！應該說，因為奉子成婚之類的狀況順其自然地在一起，可能還比較有我們的風格呢……」

惠惠帶著想通了什麼的表情，這麼說的時候還不時嘆氣。

「……不知怎地，聽見奉子成婚這幾個字還是讓人感覺很沉重。」

「你等一下，不久之前你在哪個旅店想和我跨越最後一道界線的時候，你不是才說過『我覺得我也喜歡惠惠』嗎！」

這麼說來是有過那麼一回事。

那個時候我被情慾所迷惑，一邊和惠惠擁抱在一起，還一邊想著該負責呢。

「此一時彼一時啦。昨天晚上妳害我因為這樣那樣而睡不著，所以我在陪西兒菲娜玩完扮家家酒之後，稍微出去了一下，然後睡了個午覺，還為此付了特別費用呢。」

「你的午睡和現在的言行到底有什麼關聯啊！我有點聽不太懂你想表達什麼！」

男生有所謂的賢者時間。

我是佐藤和真。

我不會被一時的誘惑和情緒所影響，是個不會輕易扛起重責大任的男人。

「惠惠現在幾歲來著，我記得應該馬上就要十五歲了吧？該怎麼說呢，我們不該突然就衝到作人、結婚之類的階段，應該先從清新正常的交往階段開始才對。冷靜下來好好想想，我覺得我們都還沒好好約會過，卻因為一時興起就說要作人、奉子成婚，這樣對小孩子也不是一件好事。」

「作人之類的話題還不是你提起的！」

激動的惠惠這麼說。

「不是啦，妳先等一下，我用清澈到不行的腦袋想了一下彼此的未來。仔細想想，我們對於彼此的事情幾乎什麼都不了解吧？惠惠不也經常說自己已經是大人了嗎？『我喜歡你，我們來生個小孩結婚吧！』這種話無論怎麼聽都是小朋友才會有的想法吧。」

「所以說這個話題明明就是你先提的吧！真是的，和真到底是怎麼了啊？你之前明明也不是沒有那個意思啊！平常就很奇怪的和真今天特別奇怪……！」

這時，看見處於這種狀況之下卻依然冷靜沉著的我，似乎就連惠惠也察覺到是怎麼一回事了。

她的表情變得越來越冷淡，看著我的眼神更是……

那種眼神，沒錯，就像是平常發現我目不轉睛地盯著衣著輕薄的達克妮絲在豪宅裡走來走去的時候，對我投射的那種像是在看螻蟻的輕蔑視線。

「我、我該怎麼處理這個男人才好……居然光是因為性慾沒了就變得如此冷淡。太出乎意料了，我沒想到你這個男人居然如此無藥可救……你和我發生了那麼多事情，氣氛那麼熱絡，結果那些全都只是為了洩慾是吧！只有在不涉及慾望時才會冷靜到這種地步……！」

「喂，妳等一下，我們不過就是一起泡澡、在被窩裡抱在一起，還只有這樣而已就說得好像做過很多事情似的，太奇怪了。既然都會被說成這樣而蒙受其害的話，我可要真的付諸行動，不然我就虧大了！」

「好，如果你還打算繼續說那種無聊的話，那我也有所覺悟了。」

啊，這個眼神已經輕蔑到像是在看垃圾的地步了。

不久之後，惠惠重重嘆了一口氣。

「這麼說來，你就是這樣的人呢。而無法完全討厭你這樣的特質，更讓我不禁為了自己這麼好騙而苦惱……」

在這麼說的同時，惠惠的表情依然是一臉凝重，不過看著我的視線已經從輕蔑緩和到不信任的程度了。

「言歸正傳……雖然氣氛已經糟到不像是在告白了，不過我們今後要怎麼辦？」

惠惠一副很累的樣子，雙肩一垮，但視線不偏不倚地盯著我不動，像是在等待我的回應似的。

不過，今後要怎麼辦是吧。

老實說，我和惠惠她們都相處這麼久了，剛認識的時候完全沒有想過要和當中的某個人發展成這樣的關係，我根本也不知道自己真正的心情是怎樣。

別說交往了，我就連和女生好好約會的經驗都沒有，什麼喜歡啦、愛得死去活來的那種心情，我實在不太懂……

……………………

奇怪？

這是怎麼搞的，我試著隨便想像了一下未來的事情，結果……

劈頭就說要結婚、生小孩的話，我是覺得很沉重沒錯，但如果是和惠惠交往之類的，我好像完全可以接受。

不如說，我現在明明處於在某些方面已經徹底發洩完畢的狀態，但想到今後要和惠惠一起約會之類，也還滿期待的。

不用特地做什麼事，只是在一起不著邊際地聊天，想到就說「喂，惠惠，反正閒著也是閒著，我們帶著便當，找個景色優美的湖畔，用爆裂魔法製造波浪當消遣吧」之類的。

……奇怪？

這是怎樣？

這種心情是怎樣啊？

「嗚、喂，惠惠，不好了！我好像真的喜歡妳耶！」

「爛透了！你這個人爛透了！真的真的爛透了！什麼叫作好像真的喜歡我啊，那算是在對我告白嗎！就不能稍微斟酌一下遣詞用字嗎！」

那種要求對處男而言層次太高了。

正當我冒著冷汗，一臉傷腦筋，不知所措的時候。

惠惠對著如此驚慌失措的我開了口：

「唉……真是的，你這個男人在重要的時候真的很散漫耶……可是我之前才說過連你隨便的一面我也喜歡，所以又沒有立場生氣，更是讓我……」

她對我這麼說的時候，帶著像是放棄了什麼，同時又有點像是在看某種奇人異士似的表情，沒好氣地這麼說。

看著惠惠這樣的表情，放心下來的我鬆了一口氣，但馬上又被她瞪了。

對、對不起！

「……所以，今後要怎麼辦？就是……就、就是……我們今後的關係……之類的……」

惠惠的表情略顯不安。

同時臉頰微微泛紅，嘟嘟囔囔地這麼說。

這個嘛……

「該、該怎麼辦呢？講真的，這種好事從來不曾發生在我之前的生活當中，突然就要我和女孩子交往，老實說我也不知道該怎麼做。所以就像妳剛才說的一樣，如果是同伴以上戀人未滿的關係，我大概也不至於搞得太過狼狽才對。坦白說我也很開心啊，妳雖然有不少奇怪的地方，不過外表是個美少女……呃，總之，我們的關係就這樣……可以……吧……？」

聽我這麼說。

「……可、可以啊……總之就先這樣……而……而且，這樣和大家相處的時候也不會那麼尷尬……」

惠惠顯得很害羞。

聽我說她是美少女又加上其他因素，惠惠在害羞的同時，顯得有點放心地鬆了口氣，回話的聲音也很小。

看著這樣的惠惠，不知怎地，我也害羞了起來。

這是怎樣啊，像對生澀的小情侶似的。
不妙，這是怎樣啊太不妙了吧，感覺既新鮮、又酸甜，讓我開始心跳加速了！
對了，這麼說來，在這件事上，達克妮絲和阿克婭要怎麼處理啊？
是不是應該告訴她們比較好啊？
我們這算是什麼關係啊？
戀人未滿……
如果是戀人未滿，那我可以對她做些戀人才會做的事情嗎？
戀人才會做的事情，大致上可以做到什麼程度呢……
正當我煩惱著這些的時候，惠惠表示：
「那麼，總而言之，在我們正式升格為戀人關係之前，這件事先對達克妮絲和阿克婭保密吧……還有，因為要保密，色色的事情當然也還不可以做。」
「咦！」

第二章

讓暴發戶們體會絕望！

1

「還給我！把我辛辛苦苦養出來的修奈德還來，你這個狗屎尼特！」

「我都已經幫妳破到同樣的地方了，妳就這樣忍耐一下不行嗎，死都已經死了我也沒辦法啊！修奈德現在一定也在異世界過得很好吧。搞不好還打倒了魔王，成為人人吹捧的勇者了呢。」

隔天。

在我們的休憩場所，也就是大廳裡，該說是不出所料吧，失去了一手養大的遊戲角色的阿克婭大哭大鬧，展開了一如往常的早晨。

「……真的嗎？修奈德在異世界過得很好嗎？」

「很好很好，搞不好還弄了一個美少女後宮，過著幸福的生活呢。所以妳就別一直惦記著那個傢伙了。」

就在我隨口安撫阿克婭的時候，惠惠終於起床了。
「你們兩位早安。今天怎麼起得這麼早啊？」
「還好啦。我今天早上和達克妮絲的女兒兩個人一起陪爵爾帝玩。她好像是第一次餵龍吃東西，一副很緊張的樣子，真是可愛。」
因為面對的是很容易死的小雞，所以她才會那麼緊張吧。
「這麼說來，我沒見到西兒菲娜呢，她上哪去了？」
「達克妮絲帶著那個孩子出門去了。達克妮絲說，既然接下來都要住在這個城鎮，所以就帶她去找年紀相仿的小朋友玩。」
別看達克妮絲那樣，她也為那個孩子設想了很多，就像真正的母親那樣無微不至地照顧著她。
聽阿克婭那麼說，惠惠顯得有點開心，露出微笑。
「這樣啊，希望那個孩子也可以趕快習慣這個城鎮。」
沒有理會惠惠的發言，懶散地躺在沙發上的阿克婭說：
「對了，惠惠早起我還可以理解，和真先生今天究竟是怎麼了？」
平常明明遲鈍到誇張的阿克婭，只有這種時候特別敏銳。
惠惠本人也在，我總不能在她面前說是因為有點期待和她的第一次約會，所以一大早就

醒了吧。

「應該說，惠惠好像也起得比平常還要早呢……」

聽見阿克婭接下來這句話，惠惠也嚇了一跳，眼神開始游移。

「妳、妳在說什麼啊，我大致上都是這麼早起吧，只是阿克婭還有和真平常起得太晚了才會那麼覺得而已，而且今天是絕佳的爆裂好天氣，也不能怪我會想早起吧，是不是！」

惠惠滔滔不絕地說了這麼一長串，阿克婭只是歪著頭，一臉傻愣。

……我猜是這樣吧，說不定惠惠也和我一樣，滿心期待著今天的約會吧。

沒錯，就是約會。

有生以來第一次和女生約會。

我過去也曾經和達克妮絲兩個人一起在阿爾坎雷堤亞逛街，也有過好幾次和惠惠一起去發爆裂魔法的經驗，不過那種毫無氣氛可言的狀況當然不算。

這時，正當我和惠惠不斷偷瞄彼此的時候。

「喔喔～我知道是怎麼回事了，你們兩個……」

平常老是往完全不相干的方向全力衝刺的阿克婭，似乎只有在這種不必要的時候直覺特別敏銳，一副察覺到了什麼似的不斷賊笑。

「怎、怎樣啦，阿克婭，妳是怎樣！」

「妳這個傢伙再給我賊笑下去試試看，小心我兩秒鐘就讓妳哭喪著臉！」

儘管我和惠惠這麼說，阿克婭也只是遮住上揚的嘴角，然後……

「你們是為了吃昨天剩下的蟾蜍肉排才早起的對吧！不過很可惜，那些已經被今天起得最早的我全部吃掉了！」

結果只是一如往常的阿克婭。

……不對，等一下。

「妳是來亂的喔，那些是我特地留下來的好嗎！我打算在今天早上做成三明治帶出去吃，所以才趁半夜準備好的，為什麼妳這個傢伙老是只會多此一舉啊！」

「怎樣啦，吃都已經吃了我也沒辦法啊！何必那麼生氣啊，想做三明治我也幫忙你就是了嘛。」

聽我說是半夜準備的，或許是覺得過意不去吧，阿克婭老實道了歉，然後……

「話說回來，你想帶著三明治上哪去啊？如果你們兩個要去哪裡玩的話，那我也想一起去耶。」

…………

2

「『Explosion——————！』」

爆裂魔法朝著阿克塞爾附近的湖泊射出。

凶惡的破壞力在湖泊上空不遠處炸開，衝擊波讓湖面劇烈蕩漾。

揚起的湖水化為霧狀落在湖畔一帶，水霧反射了日光，製造出顏色鮮豔的彩虹。

「今天的爆裂有九十五分！威力自然不在話下，因為爆裂魔法而產生的霧狀水珠使得早晨清爽的空氣更具風味，甚至還增添了彩虹這一層藝術性。只可惜其中並不具備實用性，否則就可以再多給幾分了。」

對於我給的分數，惠惠帶著滿意的笑，倒在地上。

「實用性這一點，如果沒有怪物的話就無計可施了。好久沒有拿到這麼高的分數了，看來今天會是美好的一天呢！」

我走到滿意的惠惠身旁，以「Drain Touch」將行動所需的最低限度的魔力分給她。

這時，我忽然注意到一件事情。

「等一下。剛才的衝擊波讓湖面上浮現了幾條魚！這下正好，把那些魚撈上來，當場烤來吃吧。蟾蜍肉排三明治雖然變少了，不過在野外烤魚也算是相當有意思呢。幹得好啊惠惠，真有妳的！」

「也就是說……」

得到魔力的惠惠在坐起來的同時，以充滿期待的眼神看著我。

「今天的爆裂有九十八分！」

「多謝好評！多謝好評！多謝好評！」

看見惠惠眼角泛淚，一次又一次向我道謝，我也跟著濕了眼眶，不住用力點頭。

……望著這樣的我們。

「我請問一下喔？難不成之前我不在的時候，你們的互動也一直都是這麼愚蠢嗎？」

阿克婭大口吃著剛做好的三明治，問了這種失禮的問題。

「妳很沒禮貌耶阿克婭，這哪裡愚蠢了？對於身為爆裂品評師的我而言，這可是非常重要的儀式喔。」

「就是說啊阿克婭，最近這個分數甚至還會對我當天的心情和身體狀況，以及其他各種方面都產生影響呢。爆裂可不是兒戲！」

「我一點也聽不懂你們在說什麼，也不想懂，不過我懂了。這就是不應該去深究的事情對吧。」

最近開始冒出學習能力的阿克婭這麼說。

不過……

「吶，惠惠，約會就像這樣嗎？」

我偷偷對惠惠如此耳語。

「我也不知道耶。因為約會該做什麼我也不是很清楚……和喜歡的人一起帶著便當到景色優美的地方去，做喜歡的事情。我想，這應該可以算是約會吧……？」

這樣啊，這就是約會啊。

總覺得和平常沒什麼兩樣，不過這大概是我多心了。

或許是因為今天還有阿克婭在，才沒有那種氣氛吧。

一開始就兩個人約會總覺得有點害羞，所以我們今天才把阿克婭也約了出來，不過今後一定……！

「三明治好好吃喔。把這些魚烤來吃之後要不要睡個午覺啊？話說回來，今天的天氣好適合野餐喔！下次我想帶達克妮絲還有那個叫作西兒菲娜的女孩一起來！」

說著，已經從湖裡把魚撿回來的阿克婭開始用樹枝準備烤魚。

……啊啊，這個不一樣。

這不是約會，而是一家人出來野餐。

3

一家人出來野餐之後的歸途。

回到阿克塞爾的我們，被守門的大叔叫住了。

「喂，你們是冒險者對吧？剛才有緊急集合的廣播喔，你們也去冒險者公會看一下吧？」

——冒險者公會。

位於城鎮的中央，是對付怪物的管制中心。

對於冒險者們而言是庇護的堡壘，也是最值得信賴的地方。

聽到守門的大叔那麼說，我們也乖乖來到這裡集合……

然而，在冒險者公會前面。

「好了，各位冒險者，請過來這邊排隊。情況緊急。這是緊急集合。不好意思麻煩大家了，各位冒險者。」

平常負責櫃檯業務的公會職員大姊姊一邊這麼說，一邊為冒險者們整隊。

……怎麼搞的？是因為聽說有緊急任務，我們才立刻回豪宅去，整頓好裝備之後就趕過來了。

嘴上說情況緊急，卻叫我們在這裡排隊，有意義嗎？

正當我心生疑問的時候，公會的職員還有看似這個城鎮的公務員的人們，在我們這些排隊站好的冒險者的外側，就像是要圍起人牆似的……

應該說……

簡直就像是為了不讓我們逃跑似的，圍堵住去路。

發現氣氛變得如此緊張，在場的冒險者們都開始鼓譟了起來。

……這是怎樣？

「喂，感覺不太對勁耶，我看應該逃跑比較好吧？我的第六感正在對我大喊，要我趕快逃走。」

「好巧喔和真，我也隱約有種不祥的預感。應該是女神的直覺吧。」

聽阿克婭這麼說，我越來越感到不安了。

這時，有個人影走向這樣的我們。

那個是一大早就不知道把西兒菲娜送到哪裡去的達克妮絲。

「你們兩個不需要擔心。接下來並不會發生任何犯罪行為，也不會有人對你們做任何不人道的事情。放心吧。」

達克妮絲一個人雙手抱胸這麼說。

……應該說……

「妳知道這個緊急任務是什麼嗎？」

我面對一個人雙手抱胸站在那裡的達克妮絲……

面對在其他冒險者們都以一身重裝備做好完全防備的狀況下，唯一一個身穿日常便服的黑襯衫和窄裙的達克妮絲這麼問。

然而，達克妮絲沒有回答我任何一個字。

終於，四處都開始傳出不安地竊竊私語的聲音。

同時，詭譎的氣氛逐漸籠罩住現場。

……但是，我們冒險者很清楚。

冒險者公會，是為了冒險者而成立的國家機構。

是為了支援我們而存在的組織。

我們誠心誠意地執行他們委託的工作，他們也會在我們困難的時候幫助我們。

說起來，冒險者和冒險者公會之間不可能變成敵對關係。

公會沒有與我們為敵的理由，我們也沒有理由討厭公會。

類似這種內容的耳語聲從四處傳出，讓在場的冒險者們之間的緊張氣氛稍微緩和了些，

然而就在這個時候。

「公會這邊對各位有個緊急的要求。沒錯，是緊急任務。事情的起因，是由於會計年度結算日之後到今天正好一個月……沒錯，今天是納稅期限的最後一天。」

站在最前面的大姊姊，帶著笑容對著在公會前面排隊站好的我們這麼說：

「在場的冒險者當中，有人還沒繳交稅金。」

在場的冒險者們神情緊張了起來。

「這這、這是怎麼回事？這是怎麼回事！喂，阿克婭，這到底是……！」

「冷冷冷冷、冷靜一點！和真，你冷靜一點！先冷靜下來再說！你看，大姊姊還有話要說！」

有些冒險者聽見公會職員這麼說就想逃跑，結果被築起人牆包圍住我們的公會職員和公

務員們壓制住了。

有人想逃跑、有人大哭、有人怒吼。

大家的表情各有不同，唯一稱得上是共通點的，就是在場的冒險者們都無不悲痛地放聲慘叫。

「是的，之前我們確實不曾向各位提出這種要求。那當然了。基本上，各位冒險者都很窮。是的，正因為如此，之前我們才會放過各位，但並非免除稅金，而是網開一面罷了。」

一名距離冒險者們稍遠，看似公務員的男子這麼說。

他淡定地繼續說了下去：

「這個冒險者公會，當然是靠這個城鎮的居民辛苦繳納的稅金在經營的。還有，公會提供的報酬也是。雖然各位是對付怪物的功臣，但原本就不應該容許特例。儘管如此，官方還是網開一面，放過各位。在這樣的前提之下，今年度各位應該都有一筆高額收入才對……沒錯，就是大型懸賞對象的獎金……之前，官方都網開一面，沒有向各位追討稅金了，所以至少在得到鉅款的時候，應該要確實履行義務才對吧？」

聽見這番話，原本想逃跑、想抵抗的冒險者們都吭不出聲來了。

也難怪大家會這樣，這種事情我們是現在才第一次知道。

之前只因為我們是冒險者，官方就開特例，不向我們追討稅金。

既然現在有錢了，就應該乖乖繳納稅金才對。

我們也是在這個城鎮生活的一分子，至少得好好履行義務才行。

在這樣的狀況下，一名冒險者冒出這麼一句話：

「呃，稅金要收多少啊？」

對此，剛才的公務員表示：

「收入在一千萬以上的人，應繳納今年度所得的一半為稅金……」

在場的所有冒險者紛紛作鳥獸散，一溜煙地逃走了。

4

「阿克婭，現在該怎麼辦才好！說什麼一半啊，別開玩笑了！這樣我不知道要繳幾億出去當稅金耶！」

「我已經沒錢了好嗎，全部都花光光了！以稅金而言，申請破產也不管用！我絕對不要再背債了！快逃吧！和真，我們一起逃得遠遠的！這個世界的稅務方式很單純，每年要在收穫的季節秋季的第一個月繳納稅金。每年以之前的所得計算稅金，而且必須在秋季的第一個月結束之前付清全額才行！」

阿克婭對放聲慘叫的我這麼說。

「還真是簡單易懂啊！應該說，初秋第一個月的最後一天不就是今天嗎！所以，逃跑又如何？如果今天沒有付出來的話會怎樣？」

「稅金就不用繳了。在最後一天，而且只要過了公家機關的營業時間以後，之前的稅金就可以得到免除！」

未免也太豪邁了吧。

「呃，這樣就可以了嗎？官方不會溯及既往，要我們補繳之類的……」

「你在說什麼啊！」

聽我困惑地這麼說，阿克婭表示：

「這個世界的法律可是貴族訂定的喔。貴族在訂定法律的時候當然是以顧及自己的方便為前提啊！低所得的老百姓與其出遠門旅行、逃到外地去，乖乖繳稅的金額還比較低，所以才沒有逃漏稅，特地乖乖繳納。可是，有錢人和貴族們每年到了這個時候就會去旅行，然後到了下個月才回家。」

簡直目無王法。

不，即使是日本這種文明國家也有人覺得貪汙不算什麼。

這個世界的貴族根本……！

「根本是一群撈盡油水的豬玀嘛，那些貴族！太奸詐了！我們也來照辦吧！」

「等、等一下……！那個……其中也有善良的貴族，不要一竿子打翻一船人……！」

一臉傷腦筋地對我和阿克婭說出這種話的，是達克妮絲。

話說回來，達克妮絲不逃嗎？

沒錯，妳也是必須繳交高額稅金的貴族吧——就在準備這麼說的時候，我發現達克妮絲手上拿著某種東西。

要是奮力抵抗害得職員受傷，再怎麼樣也不太妙。大概是因為這樣，冒險者們全都只是像無頭蒼蠅一樣到處逃竄。

情況明明是這樣，達克妮絲手上的東西卻讓我無法不好奇。

「妳手上那個東西是什麼？」

「這個嗎？……這是這樣用的東西。」

說著，達克妮絲把她拿在手上的鐵製枷鎖，「喀嚓」銬在自己的右手上。

以日本來說，那應該算是類似手銬的東西吧。

她是個大變態這件事我已經非常清楚了，現在有種見怪不怪的感覺。

「妳在幹嘛啊？」

我沒好氣地這麼說，但達克妮絲完全不以為意。

應該說，現在沒空理會達克妮絲的性癖了。

簡單來說，只要能夠逃過今天就可以合法逃稅而不會被問罪了對吧。

正當我準備叫阿克婭和惠惠一起逃的時候……

「好的，妳是惠惠小姐對吧。呃，我看看喔……惠惠小姐的所得非常少，所以免稅。感謝妳的配合！」

……惠惠一馬當先完成了納稅的手續。

或許是察覺到我們的視線了，那個窮女孩看著我們，露出一臉勝利的跩樣。

可惡，既然如此，剩下的就是我、阿克婭和達克妮絲……

喀嚓。

…………

「妳在幹嘛啊？」

我對達克妮絲說出和剛才一樣的台詞。

這個變態不知道在發什麼瘋，竟然把銬在自己右手上的枷鎖的另外一頭銬在我的左手手腕上。

在這種緊要關頭要什麼蠢啊？

這個四肢發達、頭腦簡單的傢伙偶爾會幹出阿克婭等級的蠢事，所以才傷腦筋。

達克妮絲對我露出極為清新又爽朗的笑容，以輕鬆到像是在邀我去散步似的口吻說了：

「納稅是公民的義務。跟我走吧，這個城鎮所得最高的冒險者啊。」

……這麼說來，這個傢伙是治理這個城鎮的陣營的人嘛，討厭——！

「放、放開我！可惡、該死……！妳這個傢伙、妳這個傢伙！」

「哈哈哈哈，我們都已經是什麼關係了，別表現得那麼厭惡嘛和真！來，阿克婭也和我們一起走吧！」

公會前面已然化為地獄。

在前後左右都有冒險者被抓走的狀況下，抓住我手臂的達克妮絲也抓住了阿克婭的手臂，同時這麼說。

「不要啊啊啊啊啊——！達克妮絲，我拜託妳，放我一馬吧！和真先生——！和真先生——！快想想辦法——想想辦法啊——！」

阿克婭一邊哭喊，一邊拍打達克妮絲的手，但達克妮絲一點都沒有要放手的意思。

我立刻對阿克婭大喊：

「喂，對我施展支援魔法！要能提升肌力和速度的那些！透過魔法強化之後，就可以連這個和我銬在一起的傢伙一起帶著跑了！我和妳兩個人合力的話，應該可以輕易扛起達克妮絲才對！」

「唔……！」

聽見我的吶喊，達克妮絲輕輕放開阿克婭的手。

「……阿克婭，我放妳一馬。隨妳想逃去哪裡都可以。這個鎮上已經有很多地方都有徵稅官在四處巡視了。如果妳有辦法從他們手中成功逃脫的話，之後想怎樣都可以……不過，放妳一馬的交換條件，就是不准對這個男人施展支援魔法。」

「啊啊，卑鄙小人！喂，阿克婭，這是試圖拆散我們兩個人的計謀！別聽她的讒言！然後對我施展支援魔法！」

「…………」

聽我這麼說，阿克婭不發一語，一點一點向後退。

然後……

「抱……抱歉喔和真，我是覺得有個腳程比我慢的人，可以增加我成功逃脫的機率……而且要是和真逃掉了，這個城鎮納稅額第二多的人恐怕就是我了。到時候負責找我的徵稅官人數也會變多……」

這個傢伙真的是，為什麼只有在這種時候腦筋動得特別快啊？

「好，我知道了阿克婭，妳對我施展支援魔法，我就教妳一個方法，保證妳一定可以一個人成功脫逃。這樣如何？」

「……和真不久之前才說要丟下我們，留在王城裡生活，你覺得我會輕易聽信你說的話嗎？」

好中肯的意見啊。

「好、好吧，那我先把方法告訴妳。妳聽了之後滿意的話，就對我施展支援魔法，肌力增強和速度增強，只施展其中一種也無所謂！」

「嗚……我知道了，方法是什麼？」

阿克婭提心吊膽地靠了過來，我便輕聲對她耳語。

於是……

「和真！彼此順利脫逃的話，我們就在豪宅再會吧！支援魔法我兩種都對你施展！」

說著，阿克婭對我施展了兩種支援魔法。

然後，她也對自己施展了魔法，接著便穿越四處都還在拉拉扯扯的包圍網，衝過大街離開了。

「不知道你教了她什麼，瞧她衝得一副充滿自信的樣子。」

達克妮絲也沒有妨礙我和阿克婭的互動，一直聽下去，聽完還這麼說。

這個傢伙怎麼會這麼從容？

「妳這個傢伙也太氣定神閒了吧。肌力得到強化之後，我現在的力氣可不會輸給妳。我會直接用『Drain Touch』讓妳昏厥或是怎樣之後，把妳當成大件行李搬走喔。」

聽我這麼說，達克妮絲表示：

「那種台詞，等你把我搬起來再說吧。」

說著，她笑得一副沒在怕的樣子，高舉雙手，擺出一副你把我抱起來看看啊的姿勢。

我也老實照辦，準備抱住達克妮絲，但這時……

「我、我說，達克妮絲小姐，在大庭廣眾之下這樣做……總、總覺得有點緊張呢……」

「別、別說這種話好嗎，害我也開始緊張了……！」

分別轉頭面對反方向之後，我正面抱住達克妮絲，試圖將她抬起來……

「紋風不動。」

聽我這麼說，達克妮絲勝券在握地對我說：

「呵，這次的計畫，其實我們從很久以前就開始縝密地推演了。原本其實是要在這個月剛開始的時候就執行的……但是，最近我們動不動就不在這個城鎮，而且事態好不容易比較穩定的時候，結果換你說不回來了，那個時候我真的煩惱到快抓狂了。」

我的天啊，我太小看這個傢伙了。

我原本以為這個傢伙是個天真的千金大小姐，太小看她的覺悟了。

「不過，總算像這樣趕上最後一天了……！而且，我們在擬定這個計畫的時候就設想到你會試圖逃跑。而負責妨礙你這個高所得人士的，就是本小姐。為了不讓你逃跑，我為了這一天……！」

「為了這一天……！妳、妳這個傢伙，為了這一天特地把自己吃胖了嗎！妳那麼在意自己堅硬的腹肌，這下肚子多了肥肉就啊噗啊！」

在把話說完之前，我已經挨了一掌。

「是重錘！你給我看清楚這些是什麼！我是在衣服底下藏了大量的重錘！你看！你看啊！」

達克妮絲為了辯解，手忙腳亂地掀起襯衫，底下確實裝了看似鉛塊的大量塊狀物體。

……應該說，這個傢伙是在這種狀態下走到這裡來的嗎？

不過這下糟了，真的非常不妙！

「該、該死的傢伙！櫃檯大姊姊，我原本還以為妳是站在我們這邊的耶！」

「對不起，其實我們也是公務員！沒有達成這個任務的話，我們就拿不到夏天的獎金了！對不起，對不起！」

類似這樣的對話四起，許多我認識的冒險者們也被逮了。

公會前面擺了座位，完成納稅程序的冒險者們就癱坐在那裡。

惠惠一副事不關己的樣子，悠閒地坐在座位區，還向職員要茶喝。

「該死，幹嘛做這種拐彎抹角的事情啊！你們大可以闖進有錢人家裡，直接徵收他們的私人財產不就好了！」

「不好意思，這個方法不管用。因為有很多人會故意在家裡擺放受到衝擊就會爆炸的魔藥，強制徵收的人一上門就故意讓他們碰倒魔藥，反過來控訴他們造成了自己昂貴的私人財產的損失，藉此抵抗……」

四周頂撞職員們的冒險者們，人數也越來越少了。

這下糟了，快要輪到在隊伍後面的我這邊了……！

「……看來妳堅持不肯讓步是吧，達克妮絲。妳不會被我說服對吧？以妳的個性，就算我賄賂妳、要妳放過我，妳應該也不會讓開吧。」

聽我這麼說，達克妮絲用力皺起眉頭。

「別小看我啊，和真。達斯堤尼斯家不會向任何人屈服，也不會答應任何不法情事。好了，你乖乖就範……」

「『Steal』。」

達克妮絲的話沒說完，我已經用「Steal」偷到了一個鉛塊。

達克妮絲見狀，對著隨手把鉛塊丟到路邊的我說：

「……喂，和真。你的『Steal』會高機率搶走內褲。在這種人來人往的地方別那麼做，這可不能鬧著玩。別做無謂的抵抗了，快點納稅……」

「『Steal』。」

哎呀，這次沒中。

我搶到的是達克妮絲穿在身上的黑褲襪。

看著我七手八腳地塞進口袋裡的褲襪，達克妮絲壓低了聲音表示：

「……………………你、你是認真的嗎？」

「當然是認真的啊。就算剝到妳全裸我也要減輕妳的重量，然後把妳整個人搬走。」

…………

「你是高所得冒險者佐藤和真先生對吧？請到這邊來……啊啊！他逃走了！連應該負責拖住他的達斯堤尼斯爵士也逃走了！」

我拉著達克妮絲，穿越了職員們的包圍！

5

「啊啊，我還是逃跑了……因為捨不得自己受害，我還是逃跑了……！以我的立場而言，明明應該為了向這個男人徵稅，不惜犧牲自己才對……！」

在逃進鎮上的小巷裡的我身旁，達克妮絲一邊卸下裝在身上的鉛塊，一邊哭喪著臉不斷嘀咕。

全身上下裝了這麼多鉛塊還跑得動的達克妮絲也相當誇張就是了……

「好了，妳別再哭哭啼啼了，跟我一起走吧。什麼叫出門前把手銬的鑰匙也丟在豪宅的庭院裡了啊，妳這個傢伙真的是白痴吧。咱們就這樣去郊外吧。」

「……你這個傢伙的運氣那麼好，要是把鑰匙帶在身上，總覺得你一施展『Steal』就會被偷走……話說，鎮門前面已經有人在看守了喔。你還是放棄吧，比起家財萬貫的現在，欠債的和真更有男子氣概喔。」

「吵死了，不用妳多管閒事！」

被枷鎖銬在一起的我和達克妮絲，躡手躡腳地走在巷子裡面。

該怎麼說呢，這個狀態太醒目了。

完全無法在大街上走動。

由於一開始被叫到公會去是因為聽說有緊急任務，在場的冒險者幾乎都是全副武裝趕到現場。

任誰看見那種打扮，都可以馬上認出是冒險者。

該死，那些混帳公會職員和徵稅官都想過了是吧。

可惡，我怎麼會回到這種城鎮來啊。

正確來說是被送回來的就是了……！

白套裝女妳給我記住。然後我的妹妹，妳要等我回去啊……！

啊啊，真想見愛麗絲。

為什麼我得在這麼不好混的城鎮，和這個女人銬在一起到處逃竄啊……

無論如何，我們得在沒有人煙的地方爭取時間才行。

阿克婭不知道有沒有成功脫逃。

惠惠大概還悠閒地待在那裡吧。

至於這個傢伙……！

「呼……」

在我左思右想的時候，達克妮絲裝出一副累到動不了的樣子，當場蹲了下去。

「夠了喔，妳這個傢伙明明是個體力比我還強的鐵娘子吧，怎麼可能跑這麼一下就累了，給我站起來。」

「你說誰是鐵娘子啊……拉拉蒂娜是千金大小姐耶，人家走不動了啦～～啊嗚！」

正當達克妮絲以平常從沒用過的撒嬌語氣說出這種不把人放在眼裡的話時，我用力扯了一下連在手腕上的鎖鏈，粗暴地拉她站了起來。

「我乖乖站起來走路就是了……所以，你剛才用力拉扯鎖鏈想要粗暴地拉著我走的那個動作，再來一次……那個鐵枷的部分陷入手腕的感覺……」

「妳、妳這個傢伙就連這種時候都這樣喔……」

看著紅著臉忸忸怩怩的達克妮絲，我差點覺得撐不下去，很想乾脆放棄，乖乖回去繳稅金算了。

「找到了！在那裡，達斯堤尼斯爵士拖住他了！對方可是阿克塞爾的鬼畜男，快叫人來！千萬別讓他逃掉——！」

這時，遠方傳來這樣的呼喊聲。

「啊啊可惡，走吧達克妮絲！聽好了，不准扯我的後腿！要是妳敢妨礙我的話，我會立刻對妳處以『Steal』之刑喔！」

對於我的警告——

「和……和真，我想像了一下自己可能會在眾目睽睽之下被你扒得精光，就覺得好像也不賴，這樣的我是不是已經沒救了啊……」

「妳從我們第一次見面的時候就已經沒救了啦！」

職員們朝我們這邊衝了過來——！

——時間差不多已經要到傍晚了吧。

在公家單位工作的人們，應該差不多要下班了才對。

我現在坐在冷硬的石板地面上。

而我的對面，是一臉不開心的達克妮絲，坐在鋪有軟墊的椅子上。

達克妮絲輕聲低語：

「……你這個傢伙太奸詐了……」

奸詐就奸詐吧。

「說我聰明的話，我會覺得比較舒服。」

「你應該用奸詐來形容！簡直是個卑鄙小人！你就不能想些正大光明的手段，用盡一切智謀來脫逃之類的嗎，正常來說應該有別的方法才對吧……！你要怎麼負責，聽說有這招之後，其他貴族要是沒辦法順利脫逃的話，大概也會使出同樣的招數吧！」

達克妮絲義憤填膺地對我這麼說。

「那是你們的國家該解決的問題吧……追根究柢，你們只要好好制定相關法規，或是由同一個部門來負責這項工作，想個好辦法來對付不就得了。」

雙手抱膝，坐在地板上的我，對氣憤的達克妮絲這麼說。

現在，我和達克妮絲在恐怕是這個城鎮最安全的地方受到保護。

這個鎮上最具權威的單位，以正義之名取締罪犯的，市民的好夥伴。

沒錯，就是警察局的拘留所裡面。

「不同單位的公務員，關係就不會太好，這點走到哪個國家都一樣呢～～」

「你太奸詐了！你太奸詐了！真是太奸詐了！」

被徵稅官追著跑的我一衝進警局，就對在場的女警施展了「Steal」。

罪名是竊盜以及猥褻行為。

至於我偷到什麼就不提了。

「……嗚嗚，警方的人也太頑固了……他們的薪水還不是稅金付的……借我這副枷鎖的時候明明就答應得很爽快，為什麼在這種時候就不願意通融一下呢……！你就更不用說了，上次裝出一副受害者的樣子來報警抓阿克婭，這次還為了逃稅故意犯這種輕罪害自己被抓，到底是什麼心態啊……！」

達克妮絲心有不甘地如此低語。

「哎呀～～和妳銬在一起真是太好了。託妳的福，今天晚上應該就回得去了吧。」

「吵死了！」

徵稅官們的抗議並未奏效，被警察逮捕的我被關進了拘留所。

徵稅官和警察僵持不下了好一陣子，但警方似乎不打算把我交出去。

也不知道是多虧了和我在一起的達克妮絲，還是因為念在我是初犯，警方表示偵訊結束之後就會放我回去。

偵訊已經結束了，現在正在寫報告之類的。

聽說只要程序跑完之後，今天晚上就可以回去了。

由於和我之間有鎖鏈連著，雖然有椅子可以坐，待遇比較好，但明明沒犯法的達克妮絲還是跟我一起被關進牢裡。

終於，時光飛逝，天色已經完全暗了下來。

這時，有人來叫我和達克妮絲。

「出來吧。你已經獲釋，也有人來接你了……造成達斯堤尼斯爵士的不便，真是抱歉……請往這邊走。」

6

「我回來了……怎麼，阿克婭沒能成功脫逃嗎？」

我和達克妮斯回到豪宅之後，發現惠惠在豪宅的沙發上安慰著哭泣的阿克婭。

難得我告訴阿克婭只有她才能夠執行的完美潛伏手段耶。

「啊啊，歡迎回來，和真。不，她總算是撐到時間結束了，只是……」

惠惠摸著阿克婭的頭安慰她，不知所措地這麼說。

阿克婭本人則是哭著表示：

「嗚……嗚咽……！我原本照和真說的去淨水廠……！結果在半路上就被發現了……！無可奈何之下，我只好躲進鎮上的農業用水的小池塘裡……！然後……！」

我教她的方法，是潛到這個城鎮淨水場的大型蓄水池底部去，等到夜晚來臨。

阿克婭好歹是水之女神，在水裡可以呼吸，也不會有不舒服的感覺。

我原本覺得躲到蓄水池裡面應該沒有人動得了她才對……

「聽阿克婭說，那些職員好像對那個農業用水的小池塘不斷發射火焰系的魔法，打算水煮阿克婭……幸好在加熱的過程當中就到了下班時間，所以他們放棄了。但是那樣的遭遇好像真的嚇到阿克婭了，害她哭個不停……」

這個國家的徵稅官還真是趕盡殺絕啊。

……我還想說那是個好方法呢，結果好像有點對不起她。

「……哎呀，你們手上的枷鎖還沒解開啊？」

惠惠看著我和達克妮絲的手這麼說。

沒錯，這副手銬是達克妮絲向警察借來的。

所以在回來之前，我原本想說既然都被警察抓了，正好請他們幫我們解開這個，但是……

「警方表示，為了不讓犯人搶走鑰匙就可以輕易解開，每一副枷鎖的鑰匙都不一樣……然後，這副枷鎖的鑰匙……」

在不好意思到說不下去的達克妮絲之後，我接著說：

「這個笨蛋，因為我可能會用『Steal』偷到鑰匙，就把鑰匙丟掉了。她好像隨手丟在豪宅的圍牆內，但是時間已經這麼晚了，以我的夜視能力根本找不到那麼小的鑰匙，只好等明天早上再叫這個傢伙子自己找了。」

在這麼說的同時，我不斷戳著因為自己幹了蠢事而覺得很沒面子的達克妮絲。

「……這樣啊，那也就是說，你們兩個今晚洗澡也要一起洗，廁所也要一起去，睡覺也要一起睡嘍。感情還真好呢。」

這時，惠惠這麼說…………

惠惠……這麼……說……

…………

「「…………」」

我和達克妮絲不發一語，面面相覷。

第三章 為這份心意做個了斷！

1

餐具不斷喀嚓作響。

達克妮絲明明手腳很笨拙，平常吃飯的時候卻總是相當優雅，沒有一點聲響。

然而現在的達克妮絲，或許是因為很緊張，她難得地一直讓刀叉碰撞出聲。

現在，大家圍著餐桌，正在吃晚餐。

「和真先生～幫我拿醬油～～」

「喔，好……」

我用空著的左手拿起放在手邊的醬油，準備拿給阿克婭……

「啊……！」

這時聽見達克妮絲輕輕叫了一聲，我才想起自己的左手和達克妮絲的右手還銬在一起。

我把醬油遞給阿克婭的時候，也跟著拉動了達克妮絲的右手。

「抱、抱歉喔……」

「沒、沒關係……」

我道了聲歉，達克妮絲輕聲回應。

「謝啦～～」

阿克婭絲毫不把這樣的我們放在心上，接過醬油，道了聲謝。

她現在看起來一點也不像今天傍晚差點被徵稅官們煮熟，一直哭到剛才的樣子。

阿克婭一副已經忘記那件事的態度，大口吃著晚餐。

這個傢伙樂天的個性真教人有點羨慕。

如果被枷鎖銬住的是這個傢伙就好了……

「我……我吃飽了……」

大概是因為緊張，臉頰微微泛紅的達克妮絲留下一大半的餐點，輕聲這麼嘟噥。

看見達克妮絲的反應，惠惠表示：

「……你們兩個，事到如今有什麼好緊張的啊？大家都在一起相處這麼久了，也不是第一次睡在一起了吧。如果你們那麼擔心兩個人獨處會怎樣的話，我和阿克婭也加入，大家和樂融融地睡在一起不就好了。」

「「就、就這麼辦……！」」

我和達克妮絲不約而同地這麼回答。

聽見我也開了口，達克妮絲的眉毛動了一下。

「……喂，身為女人的我拜託惠惠一起睡也就算了……身為男人的你為什麼說出那種話啊？我好歹也算是女人，聽你這麼說讓我有點不太愉快。」

我對做出這種難搞發言的達克妮絲表示：

「不，反正我和妳根本不可能搞出什麼有情調的發展，這點小事我還知道。只是與其招致莫須有的誤會，不如叫惠惠她們來一起睡比較好。而且妳走的是怪力路線。反正妳八成會在睡昏頭之後抱住睡在妳身邊的我，然後就這樣緊緊勒住我，折斷我的背脊之類的，到頭來只會落到這種下場吧。」

「別、別瞧不起我！哪個世界會有人在睡昏頭之後做出這種事情來啊！」

與其因為奇怪的緊張感而睡不著覺，不如叫惠惠和阿克婭也一起睡。

不過，我們大家也有過一起野營、睡馬廄的經驗了，老實說，事到如今睡在一起也不算什麼。

「這樣啊這樣啊。這麼說來，我們大家好像沒有在豪宅裡面睡在一起過呢！不然這樣，睡覺之前我來說個超級恐怖的鬼故事好了！」

「不、不要吧，妳還是不要說比較好……」

「是、是啊……這裡原本就是鬼屋，在這裡說鬼故事可不是鬧著玩的。」

回想起得到這棟豪宅的時候的惡靈騷動，我和惠惠都害怕了起來。

……這時——

「真是的，你們再怎麼說也是冒險者，怎麼可以不敢聽鬼故事呢？就是因為這樣，最近我們家才會接到陳情，說冒險者們都變成軟腳蝦了。真希望大家可以振作起來。」

達克妮絲沒好氣地這麼說……

……什麼嘛……

「……話說妳之前也說過冒險者們冒險者們是軟腳蝦對吧……而且說到陳情，這麼說來妳們家現在是代理領主嘛。」

對於我的疑問，達克妮絲表示：

「你也知道，這個城鎮的冒險者因為小有積蓄了，現在完全不接討伐任務。雖然好不容易把醃漬任務全都清理掉了，偷懶成性的部分卻沒那麼容易改變。事實上，就連城鎮附近，怪物現在也已經氾濫成災。不過，這樣一來，大家應該多少會開始工作了吧……」

「喂，等一下。妳的意思是，原因是這個城鎮的冒險者開始尼特化了嗎？難不成……今天透過緊急集合，要大家不明就裡地繳交之前不用繳的稅金也是因為……」

達克妮絲冷哼了一聲。

「真虧你想通了。如果大家像之前那樣保護城鎮的話也就算了，冒險者們化為尼特之後又何必特地在稅務上給他們方便呢？這次的緊急徵稅，一方面也是為了處理尼特問題的特別處置方式。公會職員們也覺得這招一定管用，開心得不得了。這招可以增加稅收，荷包縮水的冒險者們應該也會開始工作。今後，城鎮周邊的怪物就會有人清理了吧。不過你們儘管放心，這次徵收的稅金全部都會用在冒險者身上……」

「妳給我等一下啊啊啊啊啊啊啊啊啊啊──！」

我站了起來，用力拉扯連在手上的鎖鏈。

理所當然的，達克妮絲也被迫站了起來，差點站不穩。

「所以是怎樣？今天的騷動是為了叫有錢就不肯工作的那些傢伙去工作，我就是為了那種無聊的理由被追得到處跑嗎！」

雖然因為是初犯而暫時不予處分，但我還是有了前科，而製造出我不得不這麼做的原因的犯人就在我身旁！

「蠢材！不准你用無聊來形容，納稅和勞動是這個國家的國民應盡的義務！從不肯勞動的人身上追討原本就應該支付的正規稅金哪裡不對了！我國不需要尼特，充滿了壞處的尼特根本就該丟到垃圾場去！」

「竟然將我截至今日的人生批評的一無是處，我怎麼會有這種隊友啊！」

見我和達克妮絲就這樣開始扭打在一起，傻眼的惠惠如此表示：

「……我怎麼看都覺得你們應該不會出任何差錯。你們兩個今天還是乾脆一起睡吧。最好是可以藉此增進一下感情……」

2

吃完晚餐之後，接下來當然就是……

沒錯，日本人就是要泡澡。

「妳開什麼玩笑啊！日本人每天都要泡澡，不然會死掉！我們和你們這些討厭洗澡，只會用香水之類的方法來掩飾體味的貴族不一樣！聽懂了就不要妨礙我！」

「開……！開什麼玩笑啊你這個傢伙，貴族也一樣每天洗澡好嗎！你口中那些討厭洗澡的貴族是哪個國家的啊！只是……今天的狀況如此，我才說先別泡澡，用熱水擦拭身體將就一下……！」

但達克妮絲堅決反對我的主張。

「今天跑來跑去跑了那麼久跑到滿身大汗，不泡澡我會死掉。我又不是叫妳跟我一起泡澡。我在浴缸裡舒展身心的時候，妳想隨便拿濕毛巾擦澡還是怎樣都可以啊。」

「不，泡澡就表示要脫光衣服啊……！在我以半裸的狀態擦拭身體的時候，一旁的你卻是全裸……！」

正當我和達克妮絲吵個沒完的時候。

「我的回合。魔法卡，泥沼魔法。阿克婭的怪物三回合之內無法行動。」

「……嗚嗚，我又做不了任何事情了。跳過一回合。」

阿克婭和惠惠完全不管爭論不休的我和達克妮絲，在客廳的桌子上玩著卡牌遊戲。

她們已經完全不打算阻止我們吵架了。

「裸體讓妳看個一兩眼我也不會覺得怎樣，妳放心吧。不如說，這樣在某種意義上也算是一種獎勵，小事別在意。」

「我會覺得怎樣好嗎！誰說問題出在你的羞恥心上面了，我是要你顧慮一下必須面對你的裸體的我！」

「我的回合。魔法卡，爆裂魔法。對手死亡。」

「哇啊啊啊啊啊——！惠惠，妳從剛才開始就把魔法卡用得很討人厭耶！玩了三場我都是沒辦法做任何事情就輸了！」

丟下自顧自地玩得很開心的她們兩個，我帶著依然在大呼小叫的達克妮絲，拿著乾淨的衣服前往浴室。

——在阿克婭她們煮晚餐的時候，我已經先放好熱水了。

我迅速開始脫衣服……

「……這個該怎麼辦呢？有手銬卡住，上衣脫不下來……割破好了。反正這件衣服也已經很破了。」

說著，我拿匕首割破原本就在想差不多該丟掉了的襯衫……

「……你這個傢伙，明明我就在旁邊卻毫不猶豫地脫得精光，這樣對嗎？」

把達克妮絲的抗議當成耳邊風的我，身上只剩下手銬和一條毛巾了。

至於達克妮絲則是拿著毛巾，只有腿部裸露在外。

她好像打算在我泡澡的時候，在一旁擦澡的樣子。

我興高采烈地走進浴室，達克妮絲害羞地跟在我的身後。

我在泡澡之前先洗身體時，身上還穿著襯衫和裙子的達克妮絲在我身後和我背對著背，把毛巾泡進熱水裡，然後害羞地把毛巾塞進襯衫底下擦拭身體。

迅速洗完身體之後，我直接走進浴缸裡。

理所當然的，和我銬在一起的達克妮絲也得跟到浴缸旁邊來。

「呼……泡進浴缸後，就覺得今天發生的種種都可以付諸流水，真是不可思議啊……」

「……在妙齡女子兼貴族千金的面前大大方方地全裸泡澡……不，對於你的所作所為我已經不想說什麼了。」

達克妮絲把連著鎖鏈的右手放進浴缸裡，順勢靠在浴缸邊緣，坐在濕答答的地板上。

她用泡在浴缸裡的右手不住攪動著熱水，同時開了口：

「……吶，你覺得冒險者們會不會恨我啊？」

達克妮絲重重嘆了口氣。

接著，她就突然對我這麼說。

「……？我哪知道啊。我看大家根本不知道是妳的指示吧？再說，之前不是都沒向冒險者們課稅嗎？既然如此，大家應該也不至於那麼懷恨在心吧？話說回來，我也是因為成功脫逃了才有辦法置身事外地說這種話就是了。」

達克妮絲對著在浴缸裡舒展身心的我再次嘆了口氣，一副很傻眼的樣子。

「……我也不想這麼做啊。老實說，這個國家的財政相當吃緊，都到了必須去埃爾羅得借錢的地步了。總有一天，這次向他們徵收的稅金會為了他們而用，會加倍奉還在他們身上……如果冒險者們願意好好工作的話，我也不想做出這種事情來啊……」

太不講理了吧。

「雖然妳說勞動是義務，但是錢多到不需要工作的話，那又何必工作呢？而且冒險者這一行又是那麼危險的職業。我的國家也說納稅和勞動是國民的義務，但是像我一樣被稱為尼特的上級職業也有非常多啊。國民也應該擁有任意辭掉工作的自由吧。」

「真虧你的國家沒有滅亡啊……那個叫作什麼來著。我記得是……漫畫吧？你的國家有種叫作漫畫的娛樂對吧？你偶爾不是會這麼說嗎，如果你會畫畫的話，只要靠畫漫畫爆紅之後就可以成天玩耍之類的……比方說，有個人的工作就是畫那個叫什麼漫畫的東西。然後，假設那個人的漫畫大賣，賺了一大筆錢。有了錢之後就只顧著成天玩耍。我才不管什麼完結呢，後續的發展我也不畫了；要是那個人說出這種話，你也會覺得很傷腦筋吧？」

……那還真的很傷腦筋。

……非常傷腦筋。

具體的名字我就不提了，但是我想知道後續發展的作品有很多。

「工作永遠附帶著責任。這裡是新手城鎮。為了培育初出茅廬的冒險者們，這裡提供了各式各樣的支援。那些全部都是對新進冒險者抱持著期待，希望他們將來能夠護國衛民而採取的優惠措施。如果是中堅和資深的冒險者們，即使身懷鉅款也對於身為冒險者的本分和義務有充分的認知，但很遺憾的，這個城鎮的新手們……也不曉得是為什麼，最近有個奇怪的想法在大家之間持續蔓延。」

……？

「奇怪的想法？」

我一邊在浴缸裡緩緩伸直腳，一邊不經意地這麼問。

「是啊……聽說，冒險者之間開始流行一句蠢話，說什麼工作就輸了……」

「…………」

我大概知道讓這句話流行起來的傢伙是誰。

「……你怎麼了，突然一聲不吭的。看來你似乎心裡有底呢。嗯？你還有什麼意見嗎？說啊，有意見的話就說說看嘛。」

「……沒、沒什麼……」

那不就是我經常對其他冒險者說的話嗎。

3

洗完澡之後，我看見的是快要哭出來的阿克婭正在央求惠惠。

「再一次！這次真的是最後一次了，再一次嘛！」

「不可以再這樣了。再來幾次都一樣，阿克婭是贏不了我的。那麼，妳要遵守我們的約定，答應我一件事情喔。」

看來阿克婭被惠惠用卡牌遊戲修理得很慘。

惠惠在桌遊和卡牌等等要動腦的遊戲上，可以說是未嘗敗績。

不愧是智力超高的紅魔族，但真希望她可以把智力用在更有建設性的事情上。

「好了。雖然還很早，不過還是去睡覺吧。早點睡，早點起床，然後天一亮就去找鑰匙。希望可以在早上起床第一泡尿之前找到呢。」

「……是、是啊。」

達克妮絲害羞地同意了我的說詞。

我們剛才去上過廁所了，不過達克妮絲為了不讓我聽見聲音，不知為何是我被迫大聲唱歌。

總覺得，以前在這棟豪宅驅除惡靈那次，我和惠惠在一起的時候好像也被迫做過同樣的事情。

不希望聲響被我聽見的話，達克妮絲自己唱不就好了。儘管我如此抗議，最後還是被迫清唱了一段。

總覺得這樣很不合理的我，唱著唱著就故意停下來，藉此妨礙她。結果輪到我的時候，換成達克妮絲一聲不吭地一直站在我後面盯著我看，在我上到一半的時候還從後面抓住我的肩膀搖晃。

不用說，後來我們當然又扭打在一起，不過我已經受夠這種蠢事了。

今天還是趕快就寢，明天在上廁所之前趕快找到鑰匙。

「那我們要去睡了喔，惠惠和阿克婭真的不陪我們一起睡嗎？」

「今天就你們兩個一起睡吧。從你們剛才的狀況看來，應該不會出什麼差錯才對吧。應該說，我比較希望你們的感情可以好到有出差錯的可能性呢。你們兩個成熟一點好不好。」

惠惠帶著一臉無奈的表情看著一直吵架的我和達克妮絲，說出這種話來。

聽人家叫我成熟一點，我就會忍不住想成奇怪的意思，是不是因為我滿腦子慾望啊？

我們都已經是同伴以上戀人未滿的關係了，事情變成這樣惠惠也無所謂嗎？

……這時，我看向身旁的達克妮絲，發現滿腦子慾望的好像不只我一個。

達克妮絲紅著臉，看起來似乎又在想像什麼不太正常的事情了，所以我扯了一下枷鎖，中斷她的妄想，然後走向房間。

順道一提，現在的我因為枷鎖而無法穿襯衫。

所以，我現在是打赤膊的狀態。

反正豪宅裡面很溫暖，只要棉被有蓋好，應該不至於感冒才對。

我們要睡的是我房間的床。

由於被枷鎖銬在一起的是我的左手和達克妮絲的右手，在床上我是睡在右手邊。

我很快就在床上躺平。

「……別因為我打赤膊讓性感的肉體裸露在外，妳就趁我睡著的時候對我亂來喔。」

「哪可能啊！你這個披著人皮會走路的性騷擾之化身才是，想趁我睡著的時候在我身上到處上下其手的人是你才對吧。」

對於如此抹黑我的達克妮絲，我只是翻過身背對著她。

「晚安——」

「嗚、喂！你是怎樣，真的要睡了嗎？真……真的要睡了嗎……」

聽著達克妮絲這樣的聲音，我把棉被蓋到頭上。

4

……不知道到底睡了多久。

我好像在不知不覺間往達克妮絲那邊翻了身，變成面對她睡了。

一睜開眼睛，我就看見閉著眼睛的達克妮絲工整的臉龐近在眼前。

我和達克妮絲，兩個人的額頭緊緊貼在一起。

達克妮絲的臉孔，已經貼到了非常近的距離。

……應該說……

「……妳原本打算做什麼？」

「！」

我不經意地這麼問了把臉湊到我眼前的達克妮絲。

聽見我這句話，達克妮絲抖了一下，然後閉著眼睛動就不再動了。

「…………呼……呼……」

「喂，不准裝睡，妳剛才……」

說著，我覺得自己的脖子好像怪怪的，沒有多想就把右手伸過去……

然後發現那裡有點濕濕的。

這個狀況就表示……！

「妳這個傢伙……！妳吸過了對吧！妳趁我睡覺的時候在我的脖子上又吸又舔，還摸遍了我全身上下對吧！」

「沒沒沒沒、沒有——！我還沒做到那種程度！你先等一下，沒有喔！我真的沒有！」

聽我這麼說，達克妮絲紅著臉，濕了眼眶，整個人彈了起來。

我摸著還濕濕的脖子說：

「哪裡沒有了，不然我的脖子為什麼是濕的！我知道妳的性慾沒地方發洩，但是沒想到妳真的會趁我睡著的時候，玷汙我純潔無瑕的身體……！」

達克妮絲聽了我這番話，把食指放到嘴巴前面，拚命表示：

「你、你喊太大聲了！沒有……！我、我真的什麼都還沒做！只是我一醒來就發現自己把臉窩在你的脖子上！而且，你的脖子上還沾了我的口水……！我就想說應該要幫你擦掉，但是看見被枷鎖和我銬在一起的你毫無防備的睡臉，突然有種非常不應該的感覺……有種悖德感在我心中湧現……！然後，我就覺得情緒越來越亢奮……！」

她果然想對我亂來嘛。

我用力挺起上半身，摸了摸自己的身體。

「……什麼嘛，連褲帶都還在啊……原來妳真的什麼都還沒做……」

「你、你這個傢伙為什麼一副有點惋惜的樣子啊……」

也不知道是在亢奮什麼，達克妮絲的膚色微微泛紅，呼吸也有點急促。

「……妳這個傢伙是怎樣，我知道妳是個空有性感肉體卻無處發洩的色女，但沒想到真的會趁我睡著的時候偷襲我。我看妳之前想對我下藥的時候，原本也打算做到最後對吧。看來真的該改叫妳痴女妮絲了。」

「拜、拜託別這樣……！……嗯……唔！……在、在這種狀況下被你怒罵，又被叫成色女、痴女等等，心裡卻有點小鹿亂撞的我，是不是真的已經沒救了啊……」

「事到如今妳也不需要擔心這件事了，妳早在我們認識的時候，就已經是最無藥可救的一個。」

說著，我整理好凌亂的棉被，鑽回被窩裡，在床上重新躺好。

一旁的達克妮絲顯得很害羞，但還是躺平了。

「……現在回想起來，剛認識的時候，我可沒想到會和你變成會對彼此說這種蠢話的關係呢。那個時候，我比現在還要不善言辭。比現在還要不知道該怎麼傳達自己的想法……而且，也比現在還要疏遠你……」

在陰暗而安靜的房間裡面。

達克妮絲對我這麼說。

「畢竟妳是個千金大小姐嘛，要是隨便和任何人都拉近距離，在某種意義上才會造成問題吧……我們剛認識的時候，妳比現在還要沉默寡言、認真踏實，不會對我說教，當然也不

會和我吵架，雖然性感又有點古怪，卻比現在還要成熟，是個給我這種印象的人呢……」

仰躺在床上的我這麼說，逗得達克妮絲偷笑了幾聲。

「我剛認識你的時候，還覺得你是個雖然有點不太老實，卻比現在還要勤奮又努力，不會做壞事，誠懇、認真，又溫柔的傢伙呢。」

她在床上翻了個身，轉向面對我，看著我的側臉這麼說。

「總覺得，妳這番話聽起來好像在說我現在是個既不誠懇又不認真，還會輕易幹壞事的鬼畜男呢。」

「我是這個意思沒錯啊。」

我這番話，又逗得達克妮絲笑了出來。

「吶……和真。」

這樣的她，像是在隨口閒聊似的。

「？」

對著維持仰躺姿勢，不經意地轉頭看向她的我說：

「……你喜歡惠惠嗎？」

5

外面大概是陰天吧。

不久之前明明還是滿月，現在從窗外照進來的月光卻非常微弱。

或許是因為光線如此微弱的緣故，我無法看清達克妮絲的細微表情。

不過……

「……抱、抱歉，我是不是問了你一個奇怪的問題啊？」

害臊地這麼說的達克妮絲，那細緻而白皙的肌膚微微泛紅的色澤逐漸加深了，我看得非常清楚。

突然在這種走向當中插了那種問題進來，我也不知道該如何回答啊……

「不是啦，我不可能討厭她啊。要說的話，我確實是喜歡她，而且也喜歡阿克婭。毋寧說，妳當然也是。」

我這番話，讓達克妮絲轉為沉默……

「……你的意思是，在你的心目中……並不是把我當成一個異性……而是當成同伴在喜歡，對吧？」

然後在陰暗的房間裡面，她以略顯失落的聲音，冒出了這麼一句話。

……咦，這是怎樣？

氣氛好像不太妙。

這個氣氛好像非常不妙。

即使是沒有性經驗也沒和女生交往過的我，多少還懂得這點程度的事情。

我覺得這段對話不應該繼續下去。

繼續下去肯定非常糟糕。

這是為什麼啊？我明明是個連親眼拜見裸胸的機會都還沒有的處男，但是昨天的惠惠也好，現在也罷，為什麼我會接連碰上這種狀況啊？

這是為什麼？我明明是個連接吻的經驗都還沒有的人，為什麼得面臨這種現充才會遭遇到的煩惱啊？

正當詞窮的我不知道該如何回答的時候，達克妮絲輕輕拉了一下銬在自己右手上的枷鎖的鎖鏈。

力道非常輕微。

理所當然的，被枷鎖銬住的我的左手就這麼被拉了過去

「吶……在你的心目中……是把惠惠當成異性在喜歡嗎？」

說著，達克妮絲以雙手包住我被拉過去的左手，然後緊緊握住。

感受著微溫的柔荑的觸感。

我在極度的緊張當中，思考著該如何回答才好。

我現在和惠惠的關係，是同伴以上戀人未滿。

我們說好要對阿克婭和達克妮絲保密，但達克妮絲大概是自己猜到了吧。

……猜到我和惠惠的進展……

「……我、我也不知道。老實說，我自己也不太清楚。可是，我不討厭她。我想，我大概是把她當成異性在喜歡。和她在一起的時候總覺得很安心，該怎麼說呢……和那個傢伙在一起的時候，總是莫名地能夠很放鬆。」

這番話不經意地脫口而出。

我想，這一定是我現在最真實的心情吧。

平常並沒有特別意識到這件事，但是動不動就被她捉弄，以及發生各種事件的時候，我就覺得她在我心中占的分量越來越重。

在陰暗的房間裡和達克妮絲注視著彼此，我就像這樣將現在的想法老實告訴了她。

不知道為什麼。

我自己也不太清楚，但我並沒有蒙混過去或是打馬虎眼。

只是老實告訴了她。

「……這樣啊。」

說完，雙手握著我的手的達克妮絲，把我的手輕輕推回我的胸前。

然後，她翻過身去，背對著我。

…………

就這樣，達克妮絲沒有多說什麼，保持沉默。

……正當我覺得好像該說點什麼的時候。

「維持現狀比較好。」

達克妮絲輕聲這麼說。

什麼東西維持現狀？

這句話是什麼意思？

在我把這些問題說出口之前，達克妮絲背對著我說：

「……維持現狀比較好。阿克婭闖了禍跑來哭訴，嘴上說著『真拿妳沒辦法』的你就去幫她收拾善後。惠惠施展魔法破壞了東西，你就和惠惠一起去道歉。我說了什麼蠢話，你就會罵我……」

依然背對著我的達克妮絲，不停羅列著如此令我不明所以的獨白。

「偶爾，為了陪惠惠完成每天的例行公事，我們就像你們今天早上那樣，大家一起帶著便當去湖邊。偶爾，我和你為了一點雞毛蒜皮的小事而扭打在一起。偶爾，阿克婭突然說想找個地方去旅行而開始耍脾氣，於是你儘管滿嘴怨言，卻還是開始擬定大家一起去旅行的計畫……」

達克妮絲的聲音一點一點顫抖了起來。

「然後，你會說有時候也想悠閒地舒展身心，但事與願違，在旅行的目的地……又會發生某些問題……」

我伸手抓住達克妮絲的肩膀。

「嗚、喂。妳是怎麼了，先冷靜一點吧。」

說著，我在手上施力，想要讓她轉過來面對我。

「……可是，如果你和某個人在一起的話，現在的關係一定會產生變化。一定無法維持現狀……維持現狀不好嗎？一直維持現狀，不要改變……為了償還債務，你使出各種手段，用盡各種方法籌錢……然後碰上出乎意料的強敵，大家一起逃回來，好不容易才撿回一條命……一直維持那個時候的狀態不好嗎？」

但達克妮絲堅持不轉過來，仍然說著這樣的獨白。

……然後。

「你想要戀人嗎？……必須是惠惠才行嗎？」

依然沒有轉過頭來的達克妮絲，平靜地這麼說。

「也、也不是……我也不是說想要戀人啦……」

我說到這裡為之語塞，達克妮絲便說：

「……如果你只是想要和女人發生關係的話，找我不就好了？我可以滿足你的所有期望。任何事情我都可以接受。」

這個笨女人說的這是什麼話啊？

「妳是不是瞧不起我啊？再這樣我要生氣嘍。事情並不是這樣好嗎，該怎麼說呢，就是……」

我再次語塞。

我到底想要怎樣啊？

……這時，我發現達克妮絲的肩膀不住抖動。

「……妳今天很奇怪耶，在很多方面都是。妳到底是怎麼了啊？真是的。先睡了吧。今天好好睡一覺，有什麼事明天再……」

我說到這裡的時候。

達克妮絲猛然轉過頭來。

「……！」

看見她的臉孔，我瞬間停止呼吸。

她在哭。

達克妮絲落下斗大的淚珠。

她順勢緊緊握住我放在她肩上的右手。

「我不行嗎……？……吶，我呢，不行嗎……？」

然後帶著哭泣的表情對我這麼說。

6

面對像個小孩一樣哭個不停的達克妮絲，我只能繼續把手放在她的肩膀上，想不到該對她說什麼。

也不知道到底過了多久。

一直在哭的達克妮絲輕輕抓著我的手，從自己肩膀上拉開。

「……被你看到難堪的一面了。」

達克妮絲依然吸著鼻子，紅著眼睛，害羞地這麼說。
有女生對著我哭這種事情未免也太高難度了，害我不知道該怎麼辦才好。
這個狀況和我平常弄哭阿克婭的時候又不一樣。
這種時候，我完全想不到任何貼心的話可以對她說。
應該說，為什麼她會突然哭出來，我連明確的理由都還不是很清楚。也正因為如此，我才會依然是處男吧。
哭過的達克妮絲紅著眼睛盯著我看。
一臉像是在等我說些什麼似的。
怎麼辦，我應該說什麼才好啊？
正當我什麼都說不出口，不知所措地沉默不語時，達克妮絲低著頭，開始有一搭沒一搭地說著獨白：
「……照理來說，我原本已經是那個領主的人了。可是，你拯救了我，免受這種遭遇。你救了我，給了我自由……現在的我所冀望的，是守護你給了我的這種幸福的生活。如果大家都可以維持現狀不變的話，為了達到這個目的，我可以……」
…………
「就是因為這樣，你才自願獻身嗎？妳是白痴啊。領主那件事的時候妳也是這樣，打

算犧牲自己，藉此設法解決問題。別看扁我啊達克妮絲，我並不是因為想……想做那種事情才說想要戀人，更不是任何人願意成為我的戀人我都會接受……其實……之前，惠惠對我告白過了。在那之後，總覺得……那個傢伙在我心目中的分量也越來越重。然後，該怎麼說呢……最近，我也開始意識到……啊啊，我其實也喜歡惠惠呢……」

其實連我自己也不知道自己想表達什麼，而達克妮絲只是低著頭，默默聽我這麼說：

「……我也一樣。」

依然低著頭的達克妮絲。

「……我也喜歡你。」

突然說出這種話來……

儘管隱隱約約知道她的心意，但是聽見她的告白，我還是困惑地倒抽了一口氣。

「……一開始，我只是隱隱約約覺得你是我喜歡的類型……你這個人……外貌並不出眾，又好色，還是個只想盡可能輕鬆過生活、小看人生的廢人，非但不工作還一大早就開始喝酒，最後還欠下一大筆債……呵呵。」

這麼說來，這個傢伙喜歡的類型就是這種沒用的男人呢。

至少，我非常清楚，這個傢伙完全不是在稱讚我。

「別忘了我欠債的原因妳也有份啊，混帳。」

聽我這麼說，達克妮絲嫣然一笑。

「那麼，我現在就用身體來償還自己那一份債務如何？」

「不好意思，我不會再提了，不好意思。」

聽立刻耍孬的我這麼說，達克妮絲的肩膀不住顫抖，一副很想笑的樣子。

依然低著頭的達克妮斯繼續說了下去：

「……這樣的你，面對各種的強敵，並且接連打倒對手的表現，令我看得非常痛快。比你強大又經驗豐富的魔劍士。層級遠遠在你之上的魔王軍幹部。真要說起來數也數不清，總之你總是帶給我驚奇……你在那個領主面前大撒鈔票的時候，更是讓我興奮到受不了。」

…………

這次好像姑且算是在誇獎我。

「……一開始無可救藥的你越變越多。無論面對任何對手，面對怎樣的強敵，明明是最弱的職業，你沒有佩帶特別強大的裝備，只靠著新手也能夠使用的尋常弓箭，帶著一把有著奇怪名字的單手劍，解決了各式各樣的難題。而且，不知不覺間就連那麼龐大的債務都設法清償了……」

聽達克妮絲這麼說，我總覺得自己好像是非常厲害的人，真不可思議。

「不知不覺間，你完全偏離了我的喜好。雖然最近你開始不工作，成天遊手好閒，大白天就開始喝酒……但是不知不覺間，你已經完全不是我所喜歡的那種廢物男了。」

怎麼搞的。

「……我喜歡你。一開始，是因為你是我喜歡的那種廢物男，我才受到你的吸引。但是，不知不覺間……我喜歡的類型，已經變成你本人了。無論你今後變成怎樣的人，我一定還是會喜歡你吧。」

怎麼搞的，太不妙了。

我很高興。

非常高興。

「我喜歡你……而你說你喜歡惠惠。然而，儘管如此，我還是喜歡你……我也喜歡惠惠。也喜歡阿克婭。我不想破壞大家現在的關係，所以原本打算將自己的心意一直深藏在心中。可是……」

達克妮絲抬起頭來。

然後，她目不轉睛地盯著我的臉孔。

「昨天，聽惠惠的母親大人說，惠惠曾經對你這麼說過對吧。她說，想要和你變成同伴以上的關係。」

用她剛哭過，依然泛紅的眼睛。

頂著還留有淚痕的臉孔。

「我好像不是一個很會忍耐的堅強女人。我明明也很喜歡惠惠……可是一想到你要被她搶走了，我就很難過，很不甘心。」

帶著害怕會失去重要的事物，宛如怯懦少女的表情。

「……吶，和真……我就……不行嗎……？」

她戰戰兢兢地這麼說，似乎很害怕聽到我的答案。

啊啊，太不妙了。

我好高興。

聽到達克妮絲說喜歡我，我非常高興。

……明明這麼高興。

我的胸口卻痛到非常不妙。

「達克妮絲……我……」

胸口好悶。

真的很悶。

「達克妮絲，我也不討厭妳。應該說，回顧我至今為止的人生，從來沒有一個像妳這麼漂亮又比我年長的人說過喜歡我。」

好痛苦。

越說越痛苦。

可惡，為什麼這個世間不是像情色遊戲那樣的世界啊？

心痛到快哭出來的我，在極近距離之下目不轉睛地注視著達克妮絲，達克妮絲也帶著哭過的臉孔盯著我看。

「……我這個人，在原本的國家的時候，和什麼感情、戀愛的完全無緣。其實我一直覺得，我大概會就這樣過完一輩子，不會和任何人交往吧……大概終其一生都沒有辦法和女孩子說上幾句話吧……然而，妳卻說喜歡這樣的我。我怎麼可能不高興呢？」

達克妮絲帶著不安的表情盯著我看，試圖看出我想表達什麼，汲取我話中的真意。

……胸口好悶，我都快要哭出來了。

如果可以像輕小說那樣，像電玩裡面那樣。

像後宮系的漫畫那樣。

「……可是……對不起。我現在已經是心裡有別人的狀態了，就算現在有其他人對我告白我也無法厚著臉皮說喜歡，經驗也沒有豐富到能夠腳踏兩條船，更沒有人渣到那種程度。

我沒辦法和妳交往。」

既然這裡是異世界，採取一夫多妻制不就好了。

可以如我所願，不需要選擇任何人，圓滿解決一切的話，不知道該有多好。

只可惜天不從人願。

達克妮絲輕輕閉上眼睛，低下頭去——

——在雙方保持沉默的狀態下，不知道過了多久。

終於，達克妮絲輕聲冒出這麼一句話：

「……謝謝你，回答得那麼認真……不好意思，給你添麻煩了。」

在這麼說的同時。

達克妮絲在床上挺起身子，露出了神清氣爽的笑容。

那是達克妮絲平常那種充滿自信的笑。

具備穩重，同時又蘊藏著堅強的笑容。

達克妮絲一副已經看開了的樣子，輕輕以雙手撥開落到臉前面的頭髮，然後直接站了起來，雙手抱胸，神情十分清爽。

接著，她以充滿自信與慈愛的表情再次對我笑了一下。

之後便轉身過去背對著我，對我展現出落落大方的背影。

「……告辭了，和真。明天見……我還是喜歡你。如果你想蒙混過去的話明明多的是方法，你卻像這樣確實為我的心意做了個了斷，而我就是喜歡這樣的你……」

說著，達克妮絲打算就這麼走出房間……

喂，等等！

「妳……！」

鎖鏈發出匡啷的聲響。

大概是被現場的氣氛沖昏頭了吧，達克妮絲完全忘記我們兩個之間連著一條鎖鏈，打算一面說著帥氣的結語，一面離開房間。

「哈噗！」

結果右手被連在我的左手上的鎖鏈給扯住。

她拖動了躺在床上的我的上半身，整個人以和我銬在一起的右手為軸心轉了半圈，臉撞在床的邊緣上。

…………

也不知道達克妮絲撞了這一下到底是痛還是不痛。

她的臉就這麼貼在床緣，整個人動也不動。

「……嗚、喂，妳還好嗎……」

聽我這麼說，達克妮絲低著頭不讓我看她的臉，順勢抱著雙腳坐在地毯上。

然後就維持這個姿勢，把臉埋進雙膝之間。

仔細一看，她的肩膀正在微微顫抖。

然後，或許是因為覺得丟臉吧，微微露出的耳朵已經變得紅到不能再紅了……

「…………………………噗呼！」

「！」

面對這個狀況，我會忍不住噴笑也是無可奈何的事情吧。

7

「我要宰了你！殺了你之後，我也會自殺！」

「然後阿克婭早上看到了之後，我們就會手牽手被復活了對吧，我知道！我剛才不應該笑的！可是我也無可奈何啊，有一部分是妳的錯！在剛才那麼緊張的狀況之後看見這一幕我怎麼可能不笑啊！」

在這種深夜時分，我們現在玩起鐵鍊生死鬥來了。

「我剛才可是非常認真的！女生鼓起勇氣告白了之後，無論發生了何種失敗都不應該遭到訕笑，有人敢訕笑的話即使因此喪命都不足為奇！……啊啊，對喔……這個傢伙，這個男人就是這種人……！喂，至少讓我揍一拳！」

太不講理了吧！

「可是可是，妳剛才……！剛才露出那麼認真的表情準備要離開，結果就……！呵……噗哈……！」

「我要宰了你！」

我回想起剛才的狀況再次忍不住笑了出來，於是就被達克妮絲揪住了。

「是、是我不好！我知道了，我知道了啦！是我不好，我確實不應該在那種時候笑出來！一拳是吧！我讓妳揍一拳就是了，妳就原諒我吧！」

聽我這麼說，達克妮絲輕輕放下高高舉起的拳頭。

「……我知道了。那你原地站好，閉上眼睛。」

她大口喘著氣，瞪著我這麼說。

好可怕。

超可怕的！

可惡，就算達克妮絲的怪力有多驚人，一拳我總該頂得住吧！

頂得住……！

應該……頂得住才對……！

「我要出招嘍。你做好心理準備了吧？」

在站在地毯上閉起眼睛的我面前，達克妮絲擺出架勢。

我下定決心之後表示：

「儘、儘管來吧！」

說完，閉著眼睛的我的臉感覺到某種觸感。

接觸的瞬間我嚇了一跳，縮起身子，但那只是達克妮絲伸手撫摸我的臉頰。

在我發現到這件事的瞬間，已經有個柔軟的東西貼到我的嘴唇上了。

「……！」

我明明沒有接吻的經驗，但不知為何，我閉著眼睛也能立刻發現貼過來的是什麼東西。

一睜開眼睛，我發現達克妮絲帶著生氣的表情，臉色卻紅到耳根子去了，左手摸著我的臉頰。

然後，緩緩離開我身邊的達克妮絲，從雙唇之間微微伸出舌尖，輕輕舔了一下剛才碰過我的嘴唇的部分。

「妳……妳這個傢伙……！」

我好像應該抗議一下，但又不知道該怎麼說才好。

就在我為之語塞的時候，達克妮絲扯了一下銬著枷鎖的右手，把我的左手拉了過去。

她順勢抓住我的手腕，把嘴湊到我耳邊來。

「……剛才我原本還想乖乖放棄的，不過我打消這個念頭了。我的年紀比妳和惠惠還要大，而且身分是貴族。明天開始我會謹守分寸，和你保持距離。不過，最後……」

她說了這種令人心癢難耐的台詞之後，便抓著我的手腕，將我推倒在床上！

「喂，妳、妳是怎麼了，達克妮絲！等一下！不妙，再這樣發展下去會很不妙！要說哪裡不妙的話我只能說非常不妙！」

被推倒在床上的我就這麼被壓在達克妮絲身下，思考著該如何處理這個狀況才好。

而達克妮絲紅著臉，喘著氣，對這樣的我說：

「你平常不是一天到晚這麼說嗎，說我是痴女妮絲、情色妮絲之類的，一直把人家說得好像有多好色似的……！沒錯，我是很好色！我乾脆大方承認好了！今晚我不會讓你睡。我要好好玩弄你到天亮！」

「好我知道了妳冷靜一下。我、我覺得照這個狀況走下去搞到我們兩個都失去初體驗的話未免也太那個了，妳先冷靜一……下！」

正當我一面這麼說，一面試圖起身的時候。

達克妮絲以右手緊緊抓住我的左手，並且順勢用體重把我的左手固定在床上的枕頭邊。

理所當然的，我的上半身完全在床上躺平了。

把我的左手固定在枕頭邊的達克妮絲順勢跨坐在我的腰部上，採取騎乘態勢。

這樣不行。

這個姿勢真的非常不行。

「喂，等一下達克妮絲，妳真的需要冷靜點！別這樣，不妙啊不妙……！」

就在仍然想說服她的我的右側臉頰一旁，亢奮的達克妮絲大口喘著氣，把左手輕輕放過來撫摸我。

「之前，我曾經在老家被你推倒過……今晚你我的立場反過來了呢……！」

這樣不行，真的。

要我說是什麼不行的話，具體說來就是那個部位會變那樣。

「……？……啊。」

或許是因為跨坐在我的腰部上，而發現到那件事了吧。

達克妮絲害羞地輕輕叫出聲來。

但是，那個部位都已經那樣了，達克妮絲還是不打算從我身上離開。

不可以，不可以隨波逐流，別被這種十八禁遊戲似的發展牽著鼻子走！

冷靜下來啊佐藤和真，你想背叛惠惠嗎？

才昨天耶！

我和惠惠變成同伴以上戀人未滿的關係，才只是昨天的事情耶！

要是就這樣隨波逐流的話，我就是背叛了堅強地為我奉獻一切的惠惠的心意……！

沒錯，就算我現在是被達克妮絲霸王硬上弓，無法抵抗，也不應該拿這個來當成合理化的藉口……！

達克妮絲儘管有點害羞，還是把左手貼在我的臉頰上輕撫，同時把臉湊了過來。

「別、別這樣！別做這種事情啊達克妮絲！可惡，我的天啊……！身為最弱職業的我的肌力，怎麼可能敵得過上級職業的妳……！」

我拚命對達克妮絲喊話，同時以空著的右手……！

……空著的右手？

「喂，達克妮絲，右手！我的右手還空著！快用妳空著的左手抓住我的右手，不然我會反抗喔！我可是擁有『Drain Touch』這招棘手的技能喔，妳小心一點！」

「咦？啊……！」

聽了我的指點，達克妮絲這才赫然驚覺，連忙壓住我的右手腕。

糟糕，這樣我的雙手都無法自由活動了。

可惡，我都已經有惠惠了，怎麼可以在這裡隨便任她玩弄呢……！

正當我拚命在達克妮絲底下掙扎的時候。

「……喂，妳怎麼了達克妮絲？為什麼停手了？」

「……咦？不、不是啦，因為我雙手都用來壓制你了，所以在想接下來該怎麼辦……」

在抓著我的雙手手腕，壓制住我的狀態下，達克妮絲說出這種無聊的發言。

「笨蛋，妳的嘴巴是用來幹嘛的！我的上半身都已經裸露在外了，在這個狀況下妳想怎樣都可以吧！」

「啊！對、對喔……」

達克妮絲儘管不知所措，還是對著我的頸項伸出舌尖……！

……這時，大概是來到這個階段突然感到害怕了吧，達克妮絲的舌尖在即將碰到，卻又還沒碰到的地方游移，顯得相當猶豫。

面對這樣的達克妮絲，我以悲痛的聲音大喊：

「可惡，居然使出這種招式吊我胃口，不愧是情色妮絲，但是我不會屈服的！不過，妳就別猶豫了，快點動手吧！」

「好、好的！那麼，我、我要上了……！」

說著，達克妮絲的舌尖……！

「啊，等一下！我的下面已經脹到不行了！妳先幫我把褲帶稍微鬆開一點！妳記住，一定要一邊說『嘴巴說不要，身體倒是挺老實的嘛……！』一邊幫我鬆褲帶喔！」

「好、好的，我知道了……！嘴巴說不要，身體倒是挺老實的嘛……！」

說著，達克妮絲的雙手放開了我的手腕，伸向褲帶……！

「笨蛋，哪有人放開雙手的！要好好抓住以免我反抗啊！」

「啊！抱、抱歉！」

對於我的厲聲斥責，達克妮絲反射性地道歉。

「這樣好了，雖然很遺憾，不過妳先從我身上離開一下，然後從平躺的我的側邊壓住我……對對對，然後，用妳的右手的上臂部分壓住我的左手腕，接著順勢把右手伸過來抓住我的左手腕……對對對，這樣一來妳的左手就空出來了對吧？對了，就順著這個姿勢用妳的巨乳壓制住我的肚子和胸口讓我起不了身……！」

「這、這樣嗎……！好、好了，然後再用空出來的左手鬆褲帶……！」

遵照我以悲痛的聲音做出的指示，達克妮絲將無力抵抗、柔弱又可憐的我的褲帶……！

「痛痛痛痛痛痛！妳幹嘛拉緊啊！鬆開啦！鬆開我的褲帶！而且要一邊說『呵呵……瞧它一副很難受的樣子……！』之類的，同時一點一點鬆開褲帶！」

「是、是的！對不起，怪我笨手笨腳……！呵……呵呵，瞧它一副很難受的樣子……！這裡都已經沒有在說不要了呢……！」

「很好，好個即興演出！」

達克妮絲以左手對著無力抵抗的我的褲帶忙了一陣……

「奇、奇怪？奇怪？」

「喂，動作快！加油啊！多加點油好嗎！還有，在鬆褲帶的時候，妳的嘴也閒著，好好想想妳那閒著的嘴可以對無從抵抗的我的裸體做些什麼……！」

這時，突然有人用力打開門。

站在打開的門外的，是一臉不開心的惠惠，還有一臉累癱的阿克婭。

看見她們兩個，我立刻放聲慘叫：

「救命啊！我要被這個女人侵犯了！」

「啊啊！」

8

我們用阿克婭手上的鑰匙，喀嚓作響地解開手銬。

阿克婭以她自稱能夠透視一切黑暗，在夜晚也看得像白天一樣清楚的夜視能力，找到了手銬的鑰匙。

而特地叫醒了這樣的阿克婭的惠惠……

她好像使用了剛才玩卡牌遊戲贏得的，能夠命令阿克婭任何事情的權力，叫阿克婭去找達克妮絲丟在庭院裡的手銬鑰匙。

至於她為什麼要這麼做呢……

「真是的，大半夜的會吵到鄰居好嗎……！你們兩個都一樣，我是叫你們好好相處耶！誰叫你們在大半夜大聲吵架了！」

聽著這樣的惠惠如此訓話。

達克妮絲跪坐在房間的地毯上。

「……抱、抱歉……」

面對雙手抱胸，站得直挺挺的惠惠，跪坐的達克妮絲低下頭。

「我已經很睏了。我都已經努力找到鑰匙了，可以去睡了嗎？」

惠惠對一臉很想睡的阿克婭說了聲「辛苦妳了」之後，阿克婭便直接踏著不穩的腳步離開了房間。

至於解開了手銬之後的我，則是坐在床邊，兩隻腳晃啊晃的，聽著惠惠訓話。

我對著向惠惠低頭的達克妮絲說：

「真是的，妳這個女人真的很誇張。對著正在睡覺的我的身體發情，上下其手也就算了，還對劇烈抵抗的我做出那種事情……！」

「啊！你、你這個傢伙……！」

聽我這麼說，跪坐著的達克妮絲瞪著我。

……就連惠惠也是。

「…………」

我總覺得惠惠好像看穿了一切，於是受不了她的視線的我也從床上下來，主動跪坐在達克妮絲身邊。

「……我姑且也下來跪一下好了。」

「算你精神可嘉。」

聽惠惠這麼回我，達克妮絲瞥了我一眼，竊笑了一下，像是在說我活該。

……這個傢伙。

看著這樣的我和達克妮絲，惠惠嘆了口氣。

「真是的。我原本還以為你們在一起待一個晚上會稍微坦率一點呢…………達克妮絲，妳想說的事情已經確實告訴他了嗎？」

「「！」」

聽惠惠那麼說，我和達克妮絲同時愣住。

這個傢伙到底預見到什麼程度了啊？

紅魔族的智力果然不容小覷。

說真的，這個傢伙為什麼不從平常就活用她的高智力啊？

「那……那個……惠惠，我很抱歉……」

達克妮絲維持跪坐的姿勢，垂頭喪氣了起來。

而惠惠對這樣的達克妮絲表示：

「妳在道什麼歉啊？那又不是我可以說三道四的問題。人人都應該重視自己的心情。而且和真和我還沒有正式成為戀人關係，無論這個沒定性的男人要選誰我都沒意見。達克妮絲已經傳達過自己的心意了嗎？」

她說出如此成熟的意見，對達克妮絲投以溫柔的微笑。

原本垂頭喪氣的達克妮絲，把緊緊握成拳頭的雙手放在跪坐狀態的大腿上，仰望著惠惠不住點頭。

惠惠見狀，露出了更高興的微笑。

她們的模樣，讓我聯想到一個人獨自完成了一件事之後向母親報告的小孩，以及溫柔地看顧著這樣的小孩的母親。

明明是惠惠的年紀比較小。

不知為何，看著這樣的惠惠，我覺得胸口有點悶。

我知道了。

這大概是希望她可以稍微嫉妒一下之類的，類似這樣的情緒吧。

無論我要選誰她都沒意見，這句話好像還滿傷人的。

就連我也覺得自己這樣很難搞。

而惠惠似乎連我這樣的心情也全都知道，對著心境如此複雜的我露出瞭然於心的笑容。

「現在是你該展現男子氣概的時候嘍。不然小心被嫌棄喔。偶爾也要華麗地打倒怪物，展現一下帥氣的一面。」

惠惠這麼說，達克妮絲也跟著不住點頭。

這麼說來，達克妮絲以前明明就說她喜歡不工作的廢物男。

結果這次卻搞出徵稅騷動，她的心態到底是有了什麼轉變啊？

我帶著苦笑對她們兩個說了：

「真拿妳們沒辦法……」

聽我這麼說，達克妮絲和惠惠都笑得很高興。

不久之後……

「對了，我姑且問一下，反正你們兩個應該沒怎樣對吧？」

惠惠有點忐忑不安地這麼問。

……咦，她這是有點在嫉妒嗎？

對於這樣的惠惠。

「是啊，這個男人抵抗得非常激烈，沒讓我對他做任何事情。」

達克妮絲如此粉飾太平，然後對我投以戲謔的視線。

是怎樣？我有種被她玩弄的感覺。

聽她那麼說的惠惠似乎顯得鬆了一口氣，而達克妮絲則是有點得意地不住偷瞄我。

於是我不經意地對她們兩個這麼說：

「……這麼說來，我剛才閉著眼睛被達克妮絲偷襲的那一下，聽說似乎好像是我第一次接吻呢。」

「「！」」

惠惠的表情變得猙獰，達克妮絲則是猛然低下頭去。

第四章 向孤兒院伸出愛的援手！

1

隔天早上。

或許是因為昨天晚上發生了那種事，後來我煩悶到不行，結果一直到早上都沒有睡著。

「早、早啊和真……你今天起得真早啊……」

正當我因為肚子餓了而在大廳提早吃起早餐的時候，同樣一臉睡眠不足的達克妮絲戰戰兢兢地對這樣的我打招呼。

「我並不是起得早，而是被妳害得在那之後都沒有睡。惠惠也好，妳也罷，為什麼妳們老是愛挑逗青春期的男生然後又不給吃啊？妳們真的喜歡我嗎？該不會只是想害我煩悶，藉此折磨我吧？」

「才、才沒有這回事……！算、算了，先不說這個了。昨天晚上是我不好，我有點不太對勁。居然讓年紀比我小的惠惠那樣顧慮我……這樣我根本是個不及格的貴族……希望你可以忘記那件事……」

說完，達克妮絲低下頭，一副很後悔的樣子。

「我怎麼可能忘得了啊，年紀比我大的貴族千金用手銬拘束我，還把我扒成半裸又硬是搶走我的初吻，這種經驗可不是到處都有的好嗎？」

「不是那件事！不對，我當然也希望你忘記那件事就是了！」

達克妮絲紅著臉用力拍打桌子，這時難得早起的阿克婭說了：

「妳大清早的在亢奮什麼啊？是因為和這個男人度過一晚才這麼亢奮嗎？不可以喔達克妮絲，不可以因為一時的衝動而昏了頭。妳那令人無法恭維的癖好已經無可奈何了，可是妳應該更善待自己才對。」

「哎呀，阿克婭，妳又說這種過分的話。不過，處於我現在這個狀況的人接下來會怎樣我都知道。照這樣下去，惠惠和達克妮絲會搶著要我選其中一邊，三個人過著打情罵俏的生活。然後，妳一個人被排擠了以後，會突然覺得莫名寂寞，最後發現自己真正的心情。」

大口吃著早餐的麵包，同時一邊聽著我的發言，一邊不住點頭的阿克婭表示：

「我會覺得自己應該早點讓這個狗屎尼特改過自新嗎？」

「不對！妳會發現原本只把我當成室友的自己，其實對我懷有淡淡的情愫。不過，對不起了阿克婭。唯有妳，我實在無法當成異性來看待。我對妳的感覺，頂多只有像是看待爵爾帝和點仔那樣。」

「你給我等一下，幹嘛擅自搞成我已經被你甩掉的感覺啊？」

面對一大早就開始說些蠢話鬥嘴的我們，身上穿著平常那套女老師風格的便服的達克妮絲表示：

「你們兩個，我今天會比較晚回來。不需要幫我準備晚餐，你們大家先吃吧。今晚我會在老家過夜……」

態度隱約有點不太自然的達克妮絲這麼說完，便出門去了。

……這種氛圍是怎麼回事？

那個傢伙該不會在介意昨天晚上發生的事情吧？

不，看起來是我甩了她，要是她不介意的話還比較奇怪就是了……

……對喔，我已經有接吻的經驗了。

不像之前那樣在被窩裡貼在一起，手握著手之類的程度，我終於和異性接吻了。

不，現在的感覺還像是國中生的戀愛。

不過，這樣我就和尋常的處男有所區隔了。

「和真你是怎麼了？原本就很鬆懈的表情變得更鬆懈了喔。」

阿克婭的眼神像是在看什麼噁心的東西似的，口中還冒出這種失禮的發言。

「妳這個傢伙的眼睛還是一樣跟瞎了沒兩樣。妳給我仔細看清楚了，最搶手的型男就長這樣。」

「你後腦杓的亂髮好有型喔，和真先生。」

這麼說來。

「妳有空的話，我們去冒險者公會一趟如何？反正妳也沒事做吧？」

我忽然非常想去冒險者公會。

然後，姑且不提對象是誰，但我一定要找人炫耀一下自己有了接吻經驗，已經是大人了這件事。

「不要說得好像我閒到發慌似的好嗎？我今天要帶爵爾帝去鎮外打怪。我要讓牠從小就開始打倒怪物，賺經驗值。趁現在開始實施英才教育的話，明年牠就可以一口吞掉魔王城了吧。」

「我只想像得到妳和小雞被蟾蜍一口吞的未來。話說回來，惠惠上哪去了？」

「惠惠啊，她一大早就出門去了。她好像說要去找芸芸發表身為女人的勝利宣言耶。」

那個傢伙採取了和我類似的行動啊。

說什麼勝利宣言啊，我和那個傢伙只是戀人未滿不是嗎？

而且，她說要對阿克婭和達克妮絲保密，但是芸芸就沒關係了嗎？

這時，聽了我的意見煩惱了一陣子之後，阿克婭把手上的爵爾帝捧到自己視線的高度，看著牠的眼睛說：

「不過說的也是，這種時候更應該去冒險者公會。吶，和真，我還是和你一起去好了。我要抓個看起來很閒的人，叫他陪我幫爵爾帝練等。」

「我不覺得會有那種願意陪妳幫小雞練等的奇葩就是了……不過算了，那我們就去冒險者公會吧！」

2

我們走進冒險者公會，發現裡面的氣氛和之前截然不同。

「蟾蜍討伐任務，還差一名魔法師！」

「我們這邊還少兩個前鋒！只限裝備金屬鎧甲的人，有沒有人要來！」

「據說有人目擊到哥布林出現在森林附近！報酬超甜的哥布林，大家最喜歡的哥布林！為了預防萬一，我們要招募多於一般的成員以防初學者殺手！缺錢的人請踴躍報名參加！」

「無法對付蟾蜍的人，要不要和我們一起進地城？我們打算迴避戰鬥只找寶箱！職業為盜賊者待遇優，報酬也可以多分一點！」

平常應該都在公會附設的酒吧喝酒閒聊的冒險者們，今天卻是前所未見地充滿了幹勁。

簡直就像是之前被米米激勵的時候的光景再現。

我抓了一個熟識的冒險者問：

「吶，這到底是怎麼回事？為什麼大家都這麼勤奮啊？這樣一點也不像平常的你們。」

應該說，大家都這麼認真工作的話，我就不能正大光明地偷懶了。

就是考試前看見其他人都在用功念書，自己也會覺得有點慌張的那種心情。

「什麼嘛，是和真啊。哪有什麼怎麼回事的。哎，還不就是稅金，昨天的稅金啊。在這裡的，全都是昨天被稅務署的職員逮到的人。因為收入被拿走了一半，大家的錢包當然都見底了啊。」

鼻子上有疤痕的冒險者對我這麼說，還嘆了口氣。

原來如此，冒險者基本上都很愛亂花錢。

在這裡的人都因為近年的收入豐厚而完全習慣了住旅店之類的奢侈生活，事到如今也不願意降低生活水平了吧。

工會內的冒險者們都顯得手忙腳亂，拚命找委託，看看有沒有什麼好賺的工作。

照這樣看來，達克妮絲和冒險者公會職員的憂慮，城鎮周邊的怪物增生問題也可以早日解決了。

「和真先生和真先生，在這個狀況下不知道還有沒有人願意陪我幫爵爾帝練等耶。大家好像都非常忙呢。」

「我覺得要看金額吧。應該說，妳有錢嗎？」

阿克婭把爵爾帝交給我，然後拿出自己的錢包……

「我有拿去阿克西斯教堂就可以免費對我告解的優待券，不知道有沒有人願意接受這個條件。」

「我想只會被人當場撕破而已，還是算了吧。大家現在正缺錢，火氣很大。」

不過，這下傷腦筋了。

我原本是來找閒得發慌的玩伴們炫耀自己最近這一陣子有多現充的說……

就在這個時候。

「啊，是和真！喂，事情我都聽稅務署那些人說了！他們說這次突然徵收稅金是拉拉蒂娜的主意！」

突然有個和我很熟識的冒險者對站在公會入口不動的我們這麼說。

這個傢伙昨天大概也被逮到了吧，他完全沒有掩飾被強取稅金的憤怒，對我如此抱怨。

「喂喂，我和阿克婭也被達克妮絲追著跑耶。而且對此口出怨言也沒道理吧？聽她本人表示，這是為了讓不工作的冒險者拿出幹勁來，而且也是為了改善這個國家吃緊的財政。」

聽我這麼說，對方依然沒有掩飾自己的不滿。

「的確，我最近是完全沒有工作。可是，處理醃漬任務的時候我也有幫忙啊……」

附近的冒險者也贊同他這樣的言詞，發洩自己的不滿。

「再說了，說什麼是為了改善財政，他們從我們手裡搶走的稅金到底都用在哪裡了啊？我知道一個傳聞。聽說拉拉蒂娜最近老是帶著小男孩，不知道在灌輸什麼事情。」

這時一名男子突然丟出這種炸彈，便有人接著附和：

「達克妮絲真是的，現在連正太控屬性都想要了嗎！那個孩子真是的，是多貪心啊！」

不，就算是那個傢伙也不至於對小孩子出手，至少會守住不該跨越的那道界線才對……應該吧……

而且，那個傢伙昨天晚上面對我的專情表現又該做何解釋？

即使是拒絕了她的我都有點快要哭出來了，要是她真的在背地裡對小正太亂來的話，就連我都想去艾莉絲女神身邊了。

這時，原本氣呼呼的阿克婭突然環顧四周，然後表示：

「吶，和真，我覺得這是個好機會耶。你看看，冒險者公會裡的人們充滿慾望的眼睛有多麼混濁。」

說著，她以憐憫的眼神看向四周的冒險者們。

「喂，阿克婭小姐，之前想買冰來吃的時候因為僅有的一百艾莉絲掉進水溝裡而大哭的妳，沒資格說我們吧。」

「那邊那個沒禮貌的傢伙給我閉嘴。要是你想散布無憑無據的壞話，小心得到早上起床會發現床單微濕的懲罰喔……更重要的是。」

面對安靜下來的冒險者們，阿克婭說了：

「最近達克妮絲的狀況是不太對勁。身為監護人的我，必須解決那孩子的煩惱才行。」

阿克婭雙手驕傲地捧起原本抱在懷裡的爵爾帝。

「我從以前就一直很好奇那個孩子平常在做些什麼。吶，達克妮絲平常在做什麼，大家不覺得好奇嗎？」

——阿克塞爾近郊的一間小型孤兒院。

艾莉絲教會的人經常帶食物過來，富裕的鎮民們也會將身邊多餘的東西送過來，就是這樣的一個地方。

以我和阿克婭為首的冒險者們，現在來到了這樣的孤兒院前面。

「大叔，達克妮絲真的在這種地方嗎？」

「是啊，錯不了的，阿克婭小姐。拉拉蒂娜穿著性感的服裝，在這裡看著小朋友們傻笑，大家都看到了。我才不會說謊呢。」

看著小朋友傻笑我不太確定，但是性感的服裝未免也太有說服力了。

我下定決心，準備敲門，然而就在這個時候。

『拉拉蒂娜大人，這樣不可以……這種事情，對我們來說還太早了……』

門後傳出小孩子的稚嫩聲音這麼說。

3

光聽聲音，應該是還沒變聲的少年。

少年的聲音當中，聽起來充滿了歉疚。

『你在說什麼啊？這種事情是越早越好。而且，等你長大之後遲早要知道這種事情的。來吧，別客氣……』

『可、可是，拉拉蒂娜大人……』

喂喂。

我原本以為是不是搞錯了什麼，但這確實是達克妮絲的聲音沒錯。

我壓抑住內心的動搖，貼在孤兒院的門板上附耳過去，於是其他男冒險者們也紛紛跟進，湧上來把耳朵貼在門板上。

不，我訂正一下。

有幾個女冒險者也興致勃勃地把耳朵貼在門板上。

『呵呵，嘴上那麼說，但你其實對這個很好奇吧？不用客氣，儘管摸摸看。』

喂喂喂喂！

總覺得她昨天晚上壓制住我的時候也說過類似的話！

可惡，為什麼這個世界沒有偷拍這種技能，我好想知道裡面的狀況啊！

……不對喔，等一下，現在放棄還太早。

既然有千里眼這種技能，這個世界或許也存在透視技能。

下次找個人來問問看好了。

不知道是誰吞了一口口水，發出了「咕嚕」的聲響。

或許那個人就是我自己。

『來，你摸摸看。這已經是你的東西了。』

『我、我的……』

在達克妮絲那麼說之後，少年顯得有點顧慮的聲音當中藏著離經叛道的韻味。

那個傢伙，什麼叫作「你的東西」啊。

明明昨天才對我說過那種話現在是怎樣！

……難不成，她是因為被我甩掉了才自暴自棄嗎？

我心頭的這種刺痛感是怎麼回事？

這該不會是因為，達克妮絲要被一個不知道是何方神聖，而且年紀比我小的小孩子搶走，難不成我是因為這樣而產生嫉妒了嗎？

不，感情很好的女性朋友交到男朋友的時候，任何人都會有這種感覺吧？

沒錯，就算自己不打算跟她交往也一樣……

『如何，摸過之後有什麼感想……』

『比我原本以為的還要硬，而且摸起來滑溜溜的……』

聽少年這麼說，我開始聽懂現在是什麼狀況了。

應該說，我開始聽懂她是讓對方摸哪裡了。

摸起來滑溜溜的，又比原本以為的還要硬的部位就是……

『別只顧著摸了，要不要聞一下味道？』

哎呀，這個我也還沒聞過。

這種神祕的亢奮感是什麼。

難不成，這就是ＮＴＲ？

我應該沒有這種屬性才對啊……

「吶，你們大家不開門嗎？我不想站在這裡了，先進去嘍。」

說著，不識相的阿克婭隨手打開了門。

「等等，妳這個傢伙！等一下……！」

我連忙阻止她的時候已經來不及了，敞開的門扉後面……

「如何，剛印好的書有種獨特的香味吧？我很喜歡這種墨水的味道。」

「我也不討厭這種味道，拉拉蒂娜大人……」

敞開的門扉後面，是一幅令人覺得似曾相似的懷念光景……

沒錯，門後是一個看似學校教室裡面的地方，達克妮絲把書遞給了一名少年，那名少年聞著書的味道，一臉幸福的樣子。

——正當以我為首的冒險者們茫然佇立時，親手將看似教科書的書本的給少年的達克妮絲看著我們，整個人僵住。

「你、你們怎麼會來這裡啊……」

好想對她說「我才想這麼問」啊。

不，應該說這是什麼狀況啊？

在我的眼中，這怎麼看都只像是穿了套裝的女老師在發教科書給貧窮的孤兒院小孩而已耶。

「吶，達克妮絲，這到底是在幹嘛啊？總覺得看起來好像學校喔。」

依然沒在看狀況的阿克婭這麼說。

「是、是啊，沒錯。之前和真也提過，聽說某個國家有名叫學校或是私塾的設施，用來免費教小朋友們念書。於是從之前開始，阿克塞爾這裡便針對無法雇用家庭教師的小朋友，像這樣實驗性地教他們學習知識……」

聽她說明的我們的視線前方，是看見冒險者之後眼睛變得閃閃發亮的小朋友們。

對於這樣的小朋友們而言，和怪物戰鬥的冒險者大概是崇拜的對象吧。

之前才因為米米的崇拜眼神而神魂顛倒的男人們，現在又是各個都一臉鬆懈。

「那麼，達克妮絲該不會是從很久以前就在做這種事情了吧？」

應該說，窄裙配襯衫完全就是女老師的感覺，很適合她。

……不對，就某種角度看來也可以說對教育非常不好就是了。

「是啊，要說是從很久以前也沒有錯。順道一提，我平常就經常穿的這套衣服，好像也是某國流傳而來的女老師制服。我想說凡事先從外觀開始著手……」

哎呀，原來是同鄉幹的好事啊。

「很久以前，家父就告訴過我這種提供給小朋友們的教育系統。你們看到的是這個城鎮的實驗性政策，由達尼堤尼斯家自費實施。」

這麼說來，達克妮絲她們家老爸好像是個手腕高明的政治家。

我原本聽說這個國家只有紅魔族的村子有學校，看來他們吸收了來到這個世界的日本人們的知識，而且已經開始實踐了呢。

正當我如此感到佩服的時候。

「話說回來，老實說我還不太會教書，被大家看到這一幕還挺害羞的……」

說著，達克妮絲望著一字排開的冒險者們說：

「對了，大家來這裡做什麼啊？」

居然問我們這種問題，那還不是因為妳……

……我說不出口。

總不能說我們懷疑達克妮絲是為了花錢買小男孩才榨取稅金，是抱持這種下流的想法來偷看的吧。

這麼想的似乎不只我一個。

在場的冒險者們也全都別開視線，在我身旁的冒險者還輕輕推了推我的背，想叫我設法處理這個狀況。

「沒有啦，昨天的徵稅不是引發了很大的騷動嗎？所以，我們就有點好奇稅金都用到哪裡去了，才像這樣跑來參觀！哎呀，現在知道我們賺的錢都用在小朋友們身上了，心中只想著明天開始還要繼續加油呢！對吧？你們也是吧？」

「是啊，不愧是拉拉蒂娜！」

「拉拉蒂娜果然名不虛傳！」

「拉拉蒂娜好帥！」

「妳好可愛喔，拉拉蒂娜！」

「吵死了，不准叫我拉拉蒂娜！欠扁啊你們！」

達克妮絲氣得面紅耳赤，這時我發現她身旁那個剛才在聞教科書的味道的少年，小心翼翼地把書抱在胸前，臉上的表情卻顯得很過意不去。

同樣察覺到這件事的達克妮絲，在少年面前蹲了下去。

「怎麼了？你完全不需要客氣喔。」

「可、可是，我聽說這間孤兒院的餐點、衣物，還有這本書也是，全都是用各位冒險者的錢買的……」

…………

聽少年這麼說，在場的冒險者們全都鴉雀無聲。

而達克妮絲對這樣的少年露出溫柔的笑容。

「是啊，他們每天都和怪物戰鬥，保護你們。而且還把自己賺到的錢的一部分，像這樣分給失去父母的你們。所以，你要每天感謝他們，也要好好珍惜這本書……懂嗎？」

「……嗯，我知道了。謝謝叔叔們！」

看見笑著這麼說的少年，還有同樣對我們道謝的，孤兒院裡的少年少女們的模樣，包括我在內的冒險者們都忍不住泛淚鼻酸。

這時，達克妮絲對這樣的小朋友們說：

「我有事情要和這些人談，大家先看教科書，自己用功吧。」

說完，便示意要我們到外面去——

「——被你們看到尷尬的一幕了。」

一來到孤兒院外面，害羞的達克妮絲便靦靦地笑著這麼說。

「吶，達克妮絲。這間孤兒院真的是靠妳從我們這邊搶走的錢在運作的嗎？」

「什麼搶不搶的，別說得那麼難聽。從冒險者們手中徵收的錢，會用於在冒險途中受了重傷的人們老後的津貼和治療上。畢竟，以前冒險者們的將來非常沒有保障。有了這筆錢，年紀大到無法冒險的人，也能夠拿到足以過活的最低限度的年金喔。」

「這、這樣啊。可是，剛才的小朋友們……」

沒錯，那些小朋友們說都是我們冒險者在照顧他們。

「基本上是達斯提尼斯家在支付那些孩子們的養育費等等，只是，說來很不好意思，資金調度上有點吃緊。昨天從你們手上徵收的稅金，暫時用來填補這邊的經費，所以我剛才把這件事告訴了他們……話雖如此，你們可別誤會喔！我會確實還錢的！只是因為之前清理醃漬任務的時候出現了許多傷患，一時花了很多錢在治療費上……」

糟糕，這是怎樣，該怎麼辦啊？

達克妮絲說得一副很不好意思的樣子，不過反而是我們不敢正視這個傢伙的臉。

我不經意地看向四周，發現其他人也都紅著臉低著頭。

「那個……」

對於這樣的冒險者們。

「所以，我從你們手中徵收來的稅金是這樣用的……不知道你們滿不滿意……？」

達克妮絲一臉十分歉疚的樣子，提心吊膽地這麼問……

「我們只是……只是因為聽說拉拉蒂娜不知道在教小朋友們什麼才會跑過來看！現在又知道我們的錢是這樣用的了，當然沒話說了啊，你們大家說對吧！」

「是啊是啊，我們只是想說以拉拉蒂娜的個性，反正一定是碰上什麼嚴重的問題又一個人悶著硬撐！」

「對啊對啊，所以我們就很擔心才跑過來看，結果拉拉蒂娜果然又像這樣在勉強自己！是不是，是不是！」

「我們冒險者都是好夥伴啊，就算妳是千金大小姐也一樣！乾脆我們在小鬼們上學放學的時候幫忙巡邏如何？」

好個華麗的見風轉舵啊。

我好像也沒資格說別人，不過被這些傢伙態度這樣轉變反而讓人覺得很爽快。

而面對這樣的冒險者們——

「沒關係，現在沒有那方面的需求。你們有這個心意就夠了，謝謝大家。除了這間孤兒院的小朋友以外，從一般家庭上學的小朋友們在上學的時候，都會有個奇特的魔道具店打工店員會擅自幫忙看顧。」

達克妮絲這麼說，露出天真無邪的笑容。

「話又說回來……光是有你們這番鼓勵，我就可以繼續堅持下去了。真的很謝謝你們。我還以為你們會為了昨天徵稅的事情對我懷恨在心呢……」

「妳在說什麼啊拉拉蒂娜！」

「就是說啊拉拉蒂娜，太見外了吧！」

「我們怎麼可能會懷疑妳呢拉拉蒂娜！」

「不好意思，你們願意這麼說我是很高興，不過可以不要再叫我拉拉蒂娜了嗎……」

正當冒險者們拚命唬弄害羞地搔著臉的拉拉蒂娜的時候。

「等一下，你們說的跟來這裡之前不一樣吧？吶，達克妮絲妳聽我說！包括和真在內，大家在來到這裡之前都說……」

還是一樣不識相的阿克婭差點就要爆出不得了的大雷，結果就被附近的冒險者們壓制住了。

「等等，你們幹嘛啦！別這樣！別這樣！」

阿克婭用力拍打壓制住她的冒險者們的手，激烈地抵抗。

而我為了將達克妮絲的注意力從這樣的阿克婭身上移開，便說：

「話說回來，我還以為妳只是個普通的變態貴族，沒想到也在做這麼了不起的事情啊。為什麼妳沒辦法隨時都像這樣好好表現啊？如果可以的話妳也不會嫁不出去了，現在大概早就是個好媽媽了吧。」

「你在說什麼啊，我又不是嫁不出去，只是主動選擇拒絕結婚罷了！只要我願意嫁，對象隨便抓都有一大把！」

見達克妮絲如此激動，一個冒險者拍了一下手。

「這麼說來，拉拉蒂娜，聽說妳跟和真生了一個孩子啊！」

正當達克妮絲因為這句話而噴出嘴裡的東西時。

「這麼說來是有這麼回事呢！恭喜妳啊，拉拉蒂娜。」

「今後別再一個人玩奇怪的遊戲了喔，拉拉蒂娜。」

「不過真是太好了呢，拉拉蒂娜總算是找到歸宿了。妳是個千金大小姐卻意外的有點脫線，我原本還很擔心妳會不會誤上賊船呢～」

「我也很擔心妳會不會興高采烈地住進怪物的巢穴呢。無論如何，這下子我們就可以放心了。」

「和真這下將來也安泰了吧。就算存款花完了也有辦法過活！」

在場的大家紛紛說出類似這樣的台詞，祝福我們。

不過，看大家都笑得那麼賊，肯定沒有一個說的是真心話。

大家是為了對昨天的事情小小報復一下，所以把握這個機會捉弄達克妮絲吧。

「你們幾個，我昨天都說明得那麼清楚了，你們還是完全沒有聽懂嗎！」

但達克妮絲沒發現大家只是在捉弄她，紅著臉辯解。

「我知道我知道，貴族有很多顧忌對吧。所以你才不想承認對吧，我知道我知道。」

「期待有一天妳可以正大光明，幸福洋溢地向大家報告和真先生和妳的婚事！」

「你們沒搞懂，你們根本什麼都沒搞懂！」

正當達克妮絲拚命地如此反駁時。

「所以，實際情況到底是怎樣啊和真？你們有怎樣嗎？」

「他可是和真耶！實際上怎麼可能有怎樣啊，對吧？」

「就是說啊，他可是以無敵膽小著稱的和真先生耶。」

哎呀，這下我想起原本打算去冒險者公會的真正目的了。

「你們這些在做冒險者這種粗野工作卻還是處男處女的傢伙，對我俯首稱臣吧。別以為本大爺會永遠和你們待在同一水平啊。昨天我已經跨越一道界線了！對吧，達克妮絲！」

「笨蛋，你在說什麼啊！哪有人在這裡說出來的啊！」

達克妮絲本人大概是打算蒙混過去，卻幫自己挖了一個超大的墳墓。

「她、她承認了……不會吧，拉拉蒂娜承認了！」

「等一下，真的假的！拉拉蒂娜真的上了嗎？吶，你們進展到什麼程度了，快對姊姊說清楚講明白！」

「因為是出自阿克婭小姐口中，我原本還以為你們有孩子了之類的那些肯定又和平常一樣是誤會耶……！」

「不是！不是啦！」

滿臉通紅的達克妮絲驚慌失措了起來，而我繼續追加攻擊。

「哪裡不是了，妳明明就把我銬了起來還對著裸露的我這樣那樣。而且那還是我的第一次耶，難不成妳打算說我是騙子嗎！」

「不，關於這件事我也覺得很對不起你，但是！」

「別以為只有女生才會重視第一次喔！在我們心目中第一次也是很珍貴的，結果妳卻想當成意外來處理，讓我覺得非常不愉快！」

「不、不是，我不是那個意思……！抱歉，是我不好！可是，那個時候我也不太對勁，

那件事情我們還是彼此都忘掉吧，算我求你……」

聽了我們這番對話，大家似乎感覺到我們是在說真的，對我投以羨慕和嫉妒的視線。

「其他的我就不多說了。至於發生了什麼事情就隨你們想像。」

「你這個傢伙是怎樣！不是，我們還沒……」

終於被逼到走投無路的達克妮絲打算說出實際上發生過的事情，就在這個時候。

「對了，裡面有個金髮碧眼的小女孩長得很像拉拉蒂娜呢。難不成她就是你們兩個的小孩嗎？」

一名女冒險者突然一臉興致勃勃地這麼說。

聽見這句話，大家終於忍不住了，再次打開孤兒院的門……！

「你們夠了喔……！」

快要哭出來的達克妮絲終於握起拳頭，正打算開扁的時候。

孤兒院的門被打開之後，我們發現剛才還那麼充滿活力的小朋友們，全都渾身無力地癱倒在地。

5

「──呼哈哈哈哈哈哈哈！頑皮的小鬼們啊，今天有沒有照常健康地努力向學啊？吾來接汝等了！好了，想摸吾之面具的人乖乖排好隊……哎呀，這是？」

隨著一陣大笑聲，又有一個難搞的傢伙出現在陷入混亂的孤兒院當中。

「你這個傢伙跑來這種地方幹什麼啊？我們現在沒空理你，今天我就放你一馬，你閃一邊涼快去吧！對面的小巷子沒什麼人走，你就去那裡笑給自己聽好了。你也看到了，現在小朋友們處於危險的危急狀態！」

冒險者們匆忙地搬著毛毯鋪在地上給小朋友們躺好，同時阿克婭獨力在孤兒院裡面繪製巨大的魔法陣。

「這到底是怎麼回事？之前那麼和平的孤兒院為何突然變成這樣……汝非得去到任何地方都引發問題才甘心嗎？」

「不要把所有事情都怪到我身上。我也不知道是怎樣，這些孩子們突然病倒了。我才想問你是不是對這些孩子們做了什麼耶。」

被阿克婭如此冤枉的巴尼爾揚起嘴角反駁：

「一派胡言的倒霉女！平日最受小朋友們喜愛的吾怎麼可能做出那種事情！吾所詛咒的對象當然只限汝等這些可恨的宿敵以及阿克西斯教徒。」

就在這個時候。

「不過這下麻煩了。沒想到是感染了霍蘿莉啊……」

把手放在發高燒的小朋友的額頭上施展「Freeze」的我，聽見了巴尼爾如此自言自語。

「喂，巴尼爾，你知道這些小朋友病倒的原因是什麼嗎？那個叫什麼霍蘿莉的，聽起來很可愛的病是什麼啊？」

聽我這麼說，在場的所有人都看向巴尼爾。

「這些頑皮小鬼感染了霍蘿莉……這是一種極為特殊的病，會以帶原者為媒介，暫時悄悄潛伏一段時間，等到時機終於到來之後就會像這樣，對周圍散布立即生效的毒素。在吾看來……帶原者似乎是那個女孩。」

說著，巴尼爾指向了倒在地上的西兒菲娜。

「——治療方法有兩種。」

在阿克婭畫出的魔法陣散發出的微弱光芒當中，盤腿坐在地板上的巴尼爾說了。

或許是魔法陣具有治癒之力吧，小朋友們的臉色比剛才好多了。

「首先是帶原者以外的小朋友，這個比較簡單。只要持續施展恢復魔法和解毒魔法立刻就會好起來了吧。但是……」

說著，他看向被達克妮絲抱在懷裡，虛脫無力的西兒菲娜。

「解毒魔法對帶原者起不了作用。只能夠以恢復魔法為其補充體力，保住性命，並且趁這段時間調配特效藥了。」

「你說的特效藥在哪裡有啊！要怎麼調配！」

聽巴尼爾那麼說，達克妮絲大聲這麼問，於是他便屈指數了起來。

「材料有五樣。一是大蔥鴨的蔥，一是曼陀羅的根，一是幽魂的眼淚，一是……」

正當冒險者們寫下那些材料的時候。

「最後一樣，這個可能會比較麻煩……需要的是高位惡魔族的指甲。」

「神光拳！」

巴尼爾說完最後一樣材料之後，阿克婭便揍了巴尼爾一拳，害得他的身體的一部分化為了塵土。

「混帳東西，汝在這種緊要關頭搗什麼亂啊！看看汝搞得一地都是土，現在可不是玩耍

的時候喔！」

「沒錯，就是因為沒空玩了我才揍你啊！幽魂的眼淚我可以想辦法，只要回家說個賺人熱淚的冒險故事大概就能輕鬆到手了。比那個更重要的就是你血淋淋的指甲，快交出來！」

原來如此，巴尼爾確實也是惡魔無誤。

然而聽阿克婭這麼說，巴尼爾只是緩緩搖了搖頭。

「吾存在於這個世間時使用的是暫時性的軀體。這具軀體除了面具以外的部分全都只是普通的土塊。」

聽他這麼說，阿克婭拍了一下手。

「那麼，我去拜託那間店的那些女生好了。就說不好意思我想活剝妳們的指甲之類。」

「蠢材，吾不是說了要『高位』的嗎？那些傢伙和嬰孩沒有兩樣，取來也沒有意義。」

他們兩個大概是在說那些夢魔大姊姊吧。

不過，用她們的也不行的話……

「沒辦法了，這種時候只好以吾之使魔作為活祭品，執行紅魔族代代相傳的惡魔召喚儀式……」

「慢著惠惠，這樣未免太殘忍了吧……！巴尼爾，你沒有其他的惡魔朋友嗎？你的千里眼能力沒有辦法解決嗎！」

達克妮絲一面阻止打算開始進行詭異儀式的惠惠，一面這麼問。

「……嗯，這個城鎮附近是住了一個吾認識的高位惡魔啦。」

巴尼爾猶豫不決地摸了摸面具。

「他、他在哪裡……！」

達克妮絲在情急之下這麼說，於是巴尼爾便告訴了我們……

第五章

與惡魔伯爵共進饗宴！

1

我們在阿克塞爾的入口坐上了達克妮絲緊急找來的馬車，而阿克婭和惠惠一臉擔心地看著我們。

要留在鎮上的她們兩個是前來為收拾好行李的我們送行。

「水還可以靠『Create Water』設法解決，食物有帶夠嗎？手帕和衛生紙呢？吶，和真，你會搭帳篷嗎？人家說換了枕頭會睡不著，所以姑且還是帶著枕頭備用好了？」

「妳是哪來的老媽子啊，用不著那麼擔心啦。我們可是資深冒險者耶，等級已經很高了，這趟旅程也沒那麼嚴苛。用不著那麼擔心啦。還有，我不需要枕頭。」

阿克婭像個為小孩操心的老媽似的，囉嗦個沒完。

「話是這麼說沒錯，但這次沒有我跟著耶，小心別受傷了喔，要是被怪物幹掉了也沒有人幫你們復活。不可以撿奇怪的東西來吃喔！」

達克妮絲似乎有點受不了這樣的阿克婭，卻還是帶著微笑說：

「阿克婭，我們好歹也去過埃爾羅得和阿爾坎雷堤亞之類的地方，對於旅行也算是很習慣了，所以妳放心吧。」

「一個是不諳世事的千金大小姐，一個是養在溫室裡的臭尼特，我當然會擔心啊。」

立場反過來的話阿克婭才是最令人擔心的一個吧，為什麼我們非得被她說成這樣啊？

「還有，達克妮絲。出門在外要特別注意喔。小心別被襲擊了喔。」

依然不肯罷休的阿克婭這麼說，達克妮絲便表示：

「這更是不需要擔心。我是十字騎士。被怪物襲擊可以算是我的工作了，妳放心吧。我會好好保護和真……」

「不是啦，妳在說什麼啊。我的意思是這趟旅行只有你們兩個人，所以妳要小心別被和真襲擊了。」

「喂。」

聽阿克婭那麼說，達克妮絲一副有話想說的樣子，同時又有點忸忸怩怩地不住斜眼偷瞄我。

「就是說啊，要小心別被襲擊喔。」

喂，惠惠，連妳都要說這種話嗎？

我到底是多不受信任啊。

「我應該不曾主動襲擊女生才對吧……不對，還記得我在紅魔之里是有稍微牽一下小手之類的就是了……不好意思我什麼都沒說。」

一臉有話想說的惠惠看著我，讓我回想起過去的種種，語氣也變得弱了一點。

「不是啦，你在說什麼啊？我的意思是這趟旅行只有你們兩個，所以你要小心別被達克妮絲襲擊。」

原來如此，是這樣啊。

「惠惠，不要把我說得像是痴女一樣好嗎！我到底是有多不受信任……我、我什麼都沒說。」

大概是跟我一樣回想起過去的種種吧，被惠惠睥睨的達克妮絲也是雙肩一垮。

對喔，仔細想想，這趟旅行只有我們兩個人。

怎麼搞的，我突然緊張起來了。

不僅如此，我們最近還一直很在意彼此，莫名有點尷尬。

這樣沒問題嗎？

不會出任何差錯嗎？

應該說在各種方面都很不妙吧，出外旅行是不同於平常的環境，要是真的出了什麼差錯的話該怎麼辦啊，只有我們兩個的意思就是沒有人會來妨礙我們更沒有人會阻止我們耶。

正當我在內心如此糾結的時候，惠惠忽然遞了一個東西給我。

「這是什麼？」

這是某種魔道具吧？

應該說，我很久以前好像在哪裡看過這個東西……

「那是在維茲的店裡以拋售價格販賣的東西，據說是旅行時可以帶著走的簡易廁所。你們姑且帶著吧。」

原來如此，旅行途中的廁所問題是很麻煩。

基本上只能在光天化日之下以野人的方式解決。

「既然如此，我就心懷感激地收下了……不對，等一下喔。惠惠，我記得好像在哪裡看過這個東西，這好像有什麼缺陷對吧？」

「這個東西為了掩飾上廁所的時候的聲響而加裝了一項功能，使用之後會以很大的聲量播放音樂。所以，要是你們哪一個面臨對方的襲擊時就拿這個出來用，以巨響嚇阻對方。」

又不是防狼警報器！

「……喂，妳也別真的收下來好嗎！我才不會在小朋友受苦受難的時候動什麼歪腦筋，用不著擔心！」

說是這麼說，我姑且還是把那個東西放到馬車後面去了。

「好了，小朋友們的事情就交給我們處理吧。阿克婭和我會設法讓他們撐住的。」

惠惠這麼說，對我們兩個笑了一下。

阿克婭和惠惠負責留在鎮上治療小朋友們。

聽說惠惠好像在紅魔之里調配過治病用的魔藥，所以她負責在我們去找材料的這段時間做好調配特效藥的準備。

在鎮上的藥店或是魔道具店買得到的東西都由我靠財力收購，至於其他材料則是由當時在場的冒險者們自主幫忙收集去了。

然後就只剩下那個惡魔的指甲了，但是……

「照理來說應該由我直接去活剝對方的指甲才對，但我還得照顧小朋友們，只好忍耐一下了。和真，得到材料之後記得幹掉他喔。」

「妳有沒有聽巴尼爾說了什麼啊？雖然說對方是惡魔，但也是這個國家的貴族喔。」

沒錯，我們接下來要去的，是這個國家的某位貴族的城堡。

該怎麼說呢，似乎有高位惡魔假裝成人類融入貴族社會之中的樣子。

達克妮絲在聽說了這件事之後差點沒昏過去，不過這個問題大概會等到把小朋友們治好之後再處理吧。

於是，我和達克妮絲兩個人就得去找那個惡魔貴族談判了……

「和真先生和真先生。」

「怎樣啦，妳還有什麼事？」

我們坐上馬車之後，阿克婭遞了一樣東西給我。

「這是維茲的店裡擺的試作品。他們好像設法把和真之前想做的東西具體完成了。旅途當中不知道會發生什麼事情，所以你還是姑且帶著以防萬一吧。」

我把自己以前沒有完成的仿製避孕道具用力甩在地上。

2

達克妮絲駕著馬車在公路上奔馳，發出喀啦喀啦的聲響。

我坐在手握韁繩的達克妮絲身旁，從剛才開始就快要壓抑不住作祟的好奇心了。

「喂，達克妮絲，也讓我拉一下韁繩嘛。」

離開阿克塞爾已經過了一個小時。

看風景已經看到很厭煩的我敵不過好奇心，這麼拜託達克妮絲。

「別說傻話了，車夫看似簡單，其實也是需要技術的。必須考慮前進的速度和體力分配，不可以太快，也不可以太慢……」

「我從剛才一直看，妳就只有握著韁繩而已不是嗎？吶，也讓我試一下嘛，我閒著沒事做。」

來到這個世界過了將近兩年。

這個世界沒有什麼了不起的娛樂，現在好不容易有機會可以當馬車的車夫，我怎麼可以放過呢？

追本溯源，我是來這個世界冒險的。

不對，最近我已經完全變成尼特了就是。

「真拿你沒辦法，只有一下下喔。別用力拉扯韁繩，基本上交給馬自己跑。」

「我知道我知道，握著韁繩偶爾甩牠兩下就可以了對吧。」

「不准甩，那個動作只有緊急情況才會用！聽好了，不准甩喔！這可不是在做球給你喔，不要當成你們平常那種搞笑的互動喔！」

達克妮絲嘮叨個沒完，我隨口應了幾聲知道，點了點頭……

「……怎麼沒有手煞車和方向盤？還有，離合器在哪裡？」

「你在說什麼啊，不要突然說出那些莫名其妙的名詞！」

面對急著想搶回韁繩的達克妮絲，我展開雙手要她先等一下。

「妳這個傢伙真無趣，連異世界笑話都不懂。」

我可是因為現在只有我們兩個才好心緩和一下氣氛耶。

我之所以會這麼做，原因是從剛才一直到現在這一刻，達克妮絲的狀況一直都很奇怪。

不對，她也不是現在才這麼怪。

最近這一陣子……應該說正確算起來，是從達克妮絲對我告白之後就……

「追根究柢，你所謂的異世界笑話是什麼意思啊……反正到鄰鎮的路上有的是時間，今天我要好好把你的底細問個清楚。畢竟我之前就一直很好奇。」

這個傢伙離開鎮上之後就突然有精神多了。

「好了，首先你是哪裡人？」

也不知道我如此擔心，和我換了座位的達克妮絲這麼問手握韁繩的我。

「我來自日本。是世界排名前幾的經濟大國，有很多像我這樣黑頭髮黑眼睛的人。」

「日本……日本……」

乖乖坐在我身旁，把手放在大腿上的達克妮絲一邊唸唸有詞，一邊沉思。

「妳應該也聽說過這個國家吧？你們說名字很奇怪的那些人大部分都來自日本。」

聽我這麼說，達克妮絲赫然抬起頭來。

「沒錯，就是這樣！髮色和你一樣的人全都具備某種神奇的力量。那個叫御什麼的男性魔劍士也是。以常理無法想像的強大武器……他到底是從哪裡弄來那種東西的……其他人也一樣，歷史上赫赫有名的人，外貌多半都和你一樣。這就表示……」

達克妮絲吞了一口口水，以期待的眼神看著我……

「……難不成，你也有那一類的神奇力量或是強大的裝備……」

「我完全沒有那些東西喔。勉強要說的話，我所擁有的就是與生俱來的幸運和高智商，還有些許的勇氣和旺盛的冒險心了吧……」

我輕輕笑了一下，同時以手指撥了一下瀏海，而達克妮絲對這樣的我投以尊敬的視線……

「換句話說，你是個沒有任何能力的平凡男人嘍……」

哎呀，這是在看令人失望的人的眼神呢。

「喂，妳知道妳口中的平凡男人的表現有多麼活躍吧！不准擺出那副沮喪的樣子還嘆氣，不如說平凡的男人可以表現成這樣已經很厲害了吧！妳應該多稱讚我一點才對啊，應該稱讚我、表揚我、對我更好！」

「該怎麼說呢，最近這一陣子你也變得比較不一樣了呢。該說你變得越來越像阿克婭，還是阿克婭變得越來越像你了呢……不，你們好像從很久以前就是這樣了吧……」

這個傢伙現在說出了根本就不應該說的話。

「再怎麼樣也不可以把我和那個傢伙相提並論吧。那個傢伙每天吃飽睡、睡飽吃，又愛喝酒，成天只會幹蠢事。妳居然把我和那種人相提並論……」

「平常的你和你剛才說的也沒有兩樣吧。」

我看向在韁繩前方看起來走得很開心的馬。

「馬好可愛喔。該怎麼說呢，馬的眼神看起來很溫柔，真是不錯。貓和小雞也各有優點，不過我最喜歡的搞不好是馬呢。」

「喂，給我轉過頭來，看著我的眼睛……真是的，不管了，我要繼續問下去了喔。我記得，你在故鄉被稱為大大對吧？」

……啥？

……大大？

我不禁對她投以一種「這個傢伙在說什麼啊」的視線。

「喂，你為何用那種眼神看我啊！你之前不是說過嗎，自己在故鄉是大大！還說自己擁有許多別號，受到眾人依靠。又說自己和戰友一起攻城掠地，狩獵大型頭目，每天都過著這樣的生活……」

我說過。

這麼說來，我確實是說過這種蠢話！

的確，我是用這種方式提過網遊的事情。

「是啊，確實是發生過這種事情。不過，那已經是過去的事了。那些算是我的黑歷史，拜託別再提了。」

「為什麼？那些是你光輝燦爛的過去吧？是你和戰友們的回憶吧？那些功績相當了不起，你大可引以為傲。」

也不知道到底誤會了什麼，達克妮絲咯咯笑了出來。

「還是說，怎麼？你害臊了嗎？平常動不動就把自己葬送了多少魔王軍幹部掛在嘴邊，向大家炫耀的你也會害臊？」

……就算我說那些是網遊當中發生的事情，這個傢伙大概也無法理解吧。

也罷，反正她本人說得很開心，我是無所謂啦……

「吶，和真。我記得你說過自己再也無法回故鄉去了……見不到家人，你都不會覺得寂寞嗎？」

達克妮絲緊握著放在自己大腿上的雙手這麼問，模樣是前所未見的認真。

「來到這裡之後，我從來不曾感到寂寞。應該說，妳們幾個太吵了，我根本沒空感到寂寞。不如說我一直到現在這一刻都忘記了家人的存在……啊、啊啊啊啊啊啊啊！」

「怎、怎麼了，發生什麼事了！有敵人來襲嗎！」

聽我突然放聲大叫，達克妮絲嚇得抖了一下，四處張望。

「不是，我想起來了！我想起一件很重要的事情！我借給我弟五百圓，還沒有要回來！他說要買社團活動的用具還差五百圓拜託我借給他，但是他沒有還給我！」

聽我這麼說，達克妮絲戰戰兢兢地問了：

「五、五百圓？五百圓大概是多大的一筆錢啊？」

「換算成這邊的幣值的話，大概五百艾莉絲吧。」

「那點小錢當作是送給他的都可以吧，你現在都已經是大富翁了！我聽說了，你在王都快要被遣返的時候，還試圖拿錢收買蕾茵。聽說你這個傢伙絲毫沒有記取教訓，又在城裡大鬧了一場對吧。我在信上提到你恢復記憶的事情，結果克萊兒大人和蕾因那邊寄了沾滿淚水的謝罪信函和表示歉意的禮品過來。因為信函的內容散發出來的悲壯感實在過於強烈，我便鄭重地退回去了……」

喂，給我等一下。

「妳這傢伙，哪有人這樣處理別人的禮物啊！我還沒原諒那兩個人喔，下次見到她們我一定要讓她們後悔生為女兒身！我要讓她們品嘗一下就連妳也會留下心靈創傷的遭遇！」

「吶……吶，你說連我也會留下心靈創傷，到底是什麼程度的、怎樣的遭遇，我可以問一下嗎……」

「吵死了，是真的會讓妳叫不要的事情啦！妳臉紅個什麼勁啊！」

3

如此這般。

我和達克妮絲這趟兩人之旅並未遭到怪物襲擊，也沒有碰上什麼值得一提的麻煩，前進得非常順利。

「話說回來，不過只是阿克婭不在而已，事情就會變得這麼順利啊。如果是這樣的話，出外旅行倒也還不壞。」

「喂，和真，我想阿克婭也不是自己願意惹出那些麻煩的吧。不過，現在順利成這樣，你的心情我也不是不了解啦……先別說這個了，你剛才說的武士大人到底是怎樣的種族啊？拜託你說得更詳細一點。」

後來，達克妮絲對日本顯得莫名有興趣，於是我從剛才開始就告訴了她很多事情。

「妳對武士大人也太有興趣了吧。這個嘛，就像我剛才說的一樣，他們使用的是一種名叫KATANA，鋒利得嚇人的武器。然後，只要有什麼事情就會切腹。」

「切腹！」

達克妮絲嚇了一跳，看來這裡大概沒有類似切腹的文化吧。

「沒錯。惹君主不高興的話會切腹，戰敗了會切腹，投降的時候也會切腹。」

「未免太激烈了吧！應該說，都投降了還要切腹的話，投降還有意義嗎？」

對於異世界人而言，日本文化似乎充滿了不可思議之處。

「因為武士大人的自尊心非常高嘛。至於自尊心有多高呢，那可是高到會把頭髮綁在頭頂上高高豎起以髮型來嚇唬對手的程度。而且他們還具備一種習性，在戰爭當中會收集敵人的頭部彰顯功勞。」

「他們是某種獵頭族嗎！話說回來，像那樣動不動就切腹的話，真教人擔心他們會不會滅族……」

說的也是，畢竟現在已經沒有武士大人了嘛。

「還有呢？你剛才提到的忍者，也多告訴我一點吧！」

看來不只是外國人，連異世界人也非常喜歡忍者的樣子。

「忍者主要是在夜間行動。潛藏於黑暗之中，無聲無息地襲擊……差不多就像這樣。還有，我聽說他們會用毒。」

「夜行性且擅長奇襲，是吧。而且還有毒，真是太可怕了……」

總覺得她的認知好像有點微妙的偏差……

「還有，在漫畫之類的作品當中，忍者還會用雷神之術、火遁之術等等的招式，發出雷電或是噴火之類的。」

「什麼，竟然還會使用魔法和噴火……除此之外還有什麼習性？」

我還是覺得有點偏差。

「分身之術什麼的也相當有名。可以分裂成好幾個人。」

「聽起來真是太可怕了。原來如此，忍者這種怪物是雌雄同體的生物吧……」

說明起來太麻煩了，還是別管她吧。

……不過，啟程之前那種奇怪的尷尬感覺好像已經消失了。

——沒錯，直到現在。

「幸好找到了這個堪用的洞窟，這樣就不需要特地搭帳棚了。把馬趕進洞窟裡面，再把馬車留在入口就成了拒馬。如此一來就可以睡得比較放心了。」

「是啊。」

天色已經完全變暗，季節也已經到了會感到寒意的時期。

話雖如此，在只有兩個人的狀況下起火取暖並不是個好方法。

怪物當中也有不怕火的種類。

面對那種怪物，生火反而會引來牠們。

「吃的東西有肉乾和麵包。就吃那些隨便果腹吧。」

「是啊。」

平常只吃過高級食材的達克妮絲，對於要吃肉乾和黑麵包似乎感覺到有點期待。

不過，我也不是不能理解她的心情。

說到冒險之旅就是要吃肉乾，還有硬梆梆的黑麵包。

不如說，就連我也有點期待。

話雖如此……

「再來，就是在洞窟裡隨便鋪個毛毯盡量休息了。沒辦法洗澡算是一個缺憾，只好用清水擦澡了。」

「是啊。」

拿起臉盆和毛巾的達克妮絲，對從剛才開始就只會隨口回答的我說：

「你是怎樣啊，從剛才開始就這樣，到底有沒有好好聽我在說什麼啊？」

說著，她一臉狐疑地看向我。

「有有有，妳想要我用『Create Water』變水出來給妳對吧，我知道啦，我現在就幫妳用。」

「我又沒這麼說……不，如果問我想不想要水的話當然是想要啦……」

正當達克妮絲表現出猶豫時，我為了施展「Create Water」而對著臉盆伸出手。

「「啊。」」

我們的指尖互相碰在一起，同時雙方都輕叫出聲。

在洞窟裡面休息的馬輕輕用鼻子噴了氣。

秋天特有的蟲鳴，在黑暗之中輕聲響起。

照亮環境的只有微弱的星光。

這樣的條件讓氣氛變得更讓人亢奮……

「不，我看水還是免了，今天早上啟程之前我已經簡單沖過澡了！」

「這樣啊，說的也是，我也只是坐在馬車上而已，並沒有流什麼汗！」

說的也是，我又沒有運動，還是趕快把東西吃一吃就睡覺好了。

彼此都有點尷尬的我們拿出肉乾和黑麵包，擺好餐具。

我以「Create Water」在準備好的杯子裡裝了水，然後直接在沒有燈光的狀況下，就著星光吃起黑麵包……

「「好硬。」」

啃了一口之後，我們兩個同時如此呻吟。

「喂，這是怎樣，我是聽說過黑麵包很硬沒錯，但是這種東西要怎麼咬啊？」

「你對我說這種話也沒用啊……你也知道我對世間的常識並不熟悉對吧？平常說我不諳世事的是你耶，所以這是你應該知道的知識才對。」

妳對我說這種話也沒用啊，我怎麼知道這種東西該怎麼吃啊。

沒辦法，黑麵包等一下再吃吧。

現在改吃這個肉乾……

達克妮絲也模仿我的動作，拿起肉乾。

「「好鹹。」」

我們再次呻吟出聲。

「喂，這其實是不應該吃的東西吧？吃了血壓絕對會飆到死亡邊緣吧。應該說，這完全是一整塊鹽吧。」

「一般而言，這大概是用來煮湯或是怎樣的材料吧？直接這樣吃確實對身體很不好的樣子……」

我把黑麵包和肉乾放回盤子裡，背起弓箭，站了起來。

「嗚、喂，和真，這麼晚了你到底想去哪裡啊？」

「別小看被美食大國日本寵壞的尼特喔。這種東西我哪吃得下去啊，尤其是在最近的生活水準變得這麼高的狀況下！我有千里眼和感應敵人，還有狙擊技能。獵個兔子我應該還辦得到。我去打個獵就回來，妳先幫我在附近撿樹枝吧。如果只是短時間用火烹調的話，應該不至於引來怪物才對。」

「你這個傢伙在這種時候真的是太可靠了……」

4

——抓了一隻長角的兔子回來，作成串燒，津津有味地吃掉之後，我們決定早早點就寢。然而……

……我睡不著。

不知道是因為旅行讓我神經亢奮，還是因為別的理由。

躺下來之後已經過了很久，但是我完全沒有入睡。

不知道是不是因為身處野外讓我對環境保持警戒的緣故。

我發動了感應敵人技能，但是也沒有什麼奇怪的反應。

而且如果有什麼風吹草動的話，洞窟裡的馬應該也會以嘶鳴聲告訴我們才對。

之所以睡不著，也很有可能是因為睡的地方只是在洞窟裡的岩地上鋪了行李和毛毯，睡起來很不習慣的關係，不過……

其實，我知道自己為何睡不著。

正當我準備翻不知道第幾次身的時候。

「和真，你醒著嗎……？」

我聽見達克妮絲以非常小的聲音，像是在自言自語地這麼說。

「……和真？」

聲音小到幾乎快要聽不到了。

如果我已經睡著的話，我絕對不會注意到這麼小的聲音吧。

照裡來說我應該老實說自己醒著就好了，但不知為何，我選擇閉嘴不答。

「睡著了啊……」

我臨時決定就這麼繼續裝睡下去。

不久之後，隨著輕微的布料磨擦聲，我聽見踩在洞窟地板上，夾雜著沙粒磨擦聲的腳步聲。

看來是達克妮絲鑽出了毛毯起身，不知道要去哪裡的樣子。

「沒問題，和真已經睡著了……對吧？」

我聽見再次確認的聲音，然後感覺到她走向我的氣息。

這個傢伙到底想做什麼啊？

她想趁我睡著的時候幹嘛啊！

我其實應該乖乖收下阿克婭想給我的那個嗎？

我最害怕的事情……沒錯，就是和達克妮絲共度一夜的野營。

做這種事情不會出錯的機率還比較低吧！

確認我睡著了之後，達克妮絲深深吸了一口氣……！

然後沒有對我做任何事情就走出洞窟，偷偷摸摸地拿出某樣東西。

接著就是一陣巨響在四周迴盪。

「喂，現在是怎樣！大半夜的妳在幹什麼啊！」

我連忙衝了出去。

「不是，這是那個……簡易廁所的魔道具……突然發出聲響……！」

只見哭喪著臉的達克妮絲這麼說，指著一個依然持續發出巨響的四方型箱子。

立在那裡的東西，以日本來說，就像是土木工程的工地之類的地方會放的那種流動廁所一樣。

「原來如此，我還想說妳大半夜的爬起來想幹嘛，原來是這一路上都一直忍著沒有上廁所啊。」

「不准輕描淡寫地說出人家難以啟齒的事情！應該說，原來你醒著啊！」

在廁所前面不知所措的達克妮絲，臉紅到在微弱的星光下也看得一清二楚。

「我當然醒著啊，和襲擊過我好幾次的女人待在沒有別人的空間裡，而且還是兩個人在黑暗之中獨處耶。無論任何人怎麼想都會覺得妳會對我毛手毛腳吧。」

「誰會在這種狀況下做出那種事情啊！更重要的是這個！我該怎麼處理這個啊，廁所響個不停！」

廁所響個不停這個狀況已經夠莫名其妙了，但是現在發生了更加不妙的事情。

「有東西被這陣聲響吸引過來了！感應敵人技能的反應不斷狂跳！喂，把馬叫醒，雖然趕夜路很可憐但還是得走了！真是的，我要收回『不過只是阿克婭不在而已事情就會變得這麼順利』那句話啦！混帳，妳這個廢物！」

「真的很對不起！我是個不中用的十字騎士！」

5

匆忙地過了一夜之後，來到了隔天將近中午的時間，

從阿克塞爾搭馬車花了超過一整天之後，我們來到荒野當中的一個小鎮。

我們要去的貴族城堡，就在這個位處偏僻之地的城鎮裡。

「勞煩一下！吾乃達斯堤尼斯．福特．拉拉蒂娜！這趟來到此地是有事要找你們的主人。請你們立刻為我通報！」

門衛們對彼此輕輕點了一下頭，然後對著在城堡前方放聲大喊的達克妮絲表示：

「我們的主人不見沒有任何預約的人。即使您是達斯堤尼斯家的千金也不例外……」

「麻煩破例一下。」

門衛還沒說到最後就被達克妮絲打斷了。

「沒、沒辦法，這是規定……」

「拜託你！已經沒有時間了！」

達克妮絲顯得格外強勢，門衛們也被震懾住了。

可見她有多麼擔心小朋友們。

沒錯，這個傢伙總是如此直率。

頑固、固執，又不知變通，但這些全都是因為想要保護別人。

我想，這個傢伙在對方願意接見之前，八成不會離開這裡吧。

「既然事情都變成這樣了，那我也陪妳一起下海吧。喂，我告訴你們，這個傢伙八成不會離開這裡喔。大概會演變為持久戰吧。」

聽我這麼說，門衛顯得一臉困惑，猶豫了起來。

照這樣看來，他們至少應該會願意為我們傳話給對方吧。

正當我這麼想的時候，達克妮絲卻說：

「不，我真的很急，沒那個閒功夫在這裡等了！」

「……不不不，這種時候妳應該好好配合我吧。現在總不能強行突破啊。」

不只是門衛，就連我也困惑了起來。

「……既然您都說成這樣了，我姑且去問一下城主大人好了……」

因此，門衛之一似乎也察覺到事情非同小可，如此提議。

「喂，太好了達克妮絲，總之先前進一步了……」

「這樣不行！拜託，讓我進去吧！」

……

「妳在耍什麼任性啊，我知道妳很急，可是妳也多信任阿克婭和惠惠一下吧。我們該做的事情是什麼，妳說說看！」

不知道是聽見我這番話而感動不已，還是因為想起原本的目的，達克妮絲眼角泛淚……

「拜託，借我用一下廁所……」

然後用像是蚊子叫一樣的細微聲音，對門衛低頭請求。

「——剛剛被妳害得好丟臉。」

「我才想說這句話好嗎，都是因為你的大嗓門引來那麼多人害得我超丟臉的。」

由於事態緊急，我們獲准進入城內，更得以和這座城堡的城主見面了。

「所以我才叫妳隨便找個地方解決就好了嘛。貴族家的千金大小姐就是這種地方最麻煩，就只有自尊心莫名的高，真傷腦筋。妳這樣真的算是冒險者嗎？」

「不，身為冒險者不得不在野外了事或許是無可奈何的事情，但是千金大小姐的身分跟這個有關係嗎……？嗚嗚，害我第一次瞬間萌生不想當冒險者的念頭了……」

達克妮絲的表情變得舒暢了一點，和我一起在門衛的帶領之下走在城堡的走廊上。

「讓您久等了，達斯堤尼斯大人。主人立刻就到。」

為我們帶路的門衛這麼說完便退下了。

我們被帶到一間相當高尚的會客室。

裡面放的家具擺飾都不會過於昂貴，看起來價值恰到好處又很有品味，光是這樣就看得出對方並非暴發戶貴族。

「吶，達克妮絲，妳在路上說過這個貴族有點問題對吧？到底是什麼問題啊？這裡的城主是怎樣的人啊，是和妳一樣的大變態嗎？」

「你從以前就這樣，到底把貴族當成什麼了啊。只不過是你之前見過的貴族都有點奇怪罷了，所謂的貴族，原本只是應該受到庶民尊敬的模範……這個嘛，怎麼說呢，我就姑且不論了……」

承受不了我的視線的達克妮絲乾咳了一聲。

「這裡的城主是絕雷西爾特伯爵。人稱殘虐公的男人。」

聽見這句話，我心裡只剩下不祥的預感。

那個名字，讓我想起在日本聽過的故事。

我記得有個叫作穿刺公的稱號，是吸血鬼原型的殘忍貴族的綽號。

所以說，在這個世界也有一個擁有類似稱號的瘋狂貴族，然後我們接下來真的要和他談判嗎？

這樣看來，只來兩個人或許是錯誤的決定。

說起來，貴族當中也有像阿爾達普那種會亂來的傢伙。

在邊境的小鎮惹對方不開心的話，天曉得會被怎樣。

就算在這種鄉下地方失蹤，只要說是在路上被怪物吃掉了，無論想怎樣湮滅證據都可以。

我還在煩惱的時候，已經有人來敲會客室的門，說那個什麼殘虐公現在正在過來的路上。

糟糕，我想回家了。

「喂，達克妮絲，我們還是改天再來過吧，多叫一點人來……」

正當我這麼說完，準備站起來的時候。

有人打開會客室的門，走進裡面來……

「好久不見了，絕雷西爾特大人。這次突然登門拜訪真是非常抱歉。不過，實在是因為有十萬火急的要事……」

「達斯堤尼斯爵士，歡迎來到府上……事情我已經聽說了。你們好像是為了製作某種藥劑，而需要我的指甲……然後，既然你們會想要這個，就表示已經知道吾之真面目了吧？」

對彼此謙和有禮地打完招呼之後，兩名貴族立刻開始談判。

但是，有一件事情我實在是不吐不快。

我對身邊的達克妮絲說：

「喂，達克妮絲，這個人真的是這個國家的貴族對吧？而且妳還說你們長年以來都沒有察覺到他的真實身分對吧？」

聽我這麼說，達克妮絲表示：

「怎麼了和真，我現在正在談很重要的事情，別干擾我。不好意思，絕雷西爾特大人。這個男人是我的護衛兼隊友，冒險者佐藤和真。」

「他的事情我聽說了。據說是個葬送了好幾個魔王軍幹部的冒險者對吧。雖然外表看起來像是極為普通的男人呢，人不可貌相這句話真是太有道理了……」

對於這樣的兩人。

「不，你們幹嘛若無其事地繼續談下去啊。喂，達克妮絲，這傢伙無論從什麼角度怎麼看都是可疑人物吧？為什麼穿著布偶裝啊？這種貴族是怎樣，我都不知道該從哪吐嘈了。」

我指著眼前那個不知道是企鵝還是什麼的布偶裝這麼說。

6

或許這對兩位貴族而言是不該提的話題吧，現場陷入一片寂靜。

沒錯，就是布偶裝。

無論從哪個角度怎麼看都是布偶裝。

「喂，你們兩個幹嘛都不吭聲？這個國家是怎樣啊？號稱大貴族的是那個叫克莱兒的女人和妳這種傢伙還不夠，現在甚至冒出這種布偶裝來了。你們有沒有好好確認過這個東西裡面是什麼啊？」

聽我這麼說，達克妮絲尷尬地轉過頭去。

「你知道伯爵身上穿的那個魔道具是什麼嗎？我聽說那不叫什麼布偶裝，而是異國傳進來的優秀防具，彈性和保濕、保溫效果都非常好……更何況，在我國只要有實力，行為舉止

或是性癖有點奇怪也會得到容許。因為肩負人類命運與魔王軍抗戰的我們需要人才。」

「不，可疑到這麼明顯的東西你們好歹處理一下吧。魔王軍的間諜想怎麼躲在裡面都沒問題吧！」

聽我這麼說，布偶裝以優雅得有點多餘的動作，在我們眼前的沙發上坐了下來。

「你先冷靜一下，不需要擔心，我不會協助魔王軍的。這點請你相信我。」

「看著現在的你說會相信你的人應該去看醫生才對。」

面對我的吐嘈，布偶裝只是聳肩嘆氣。

這種和人類相像過頭的動作實在讓人很火大。

「別這樣嘛，少年。先聽我說。既然知道我的真面目，就表示你應該多少知道一點有關惡魔的知識對吧？對於吾等惡魔族而言，人類是不能不與之共存共榮的重要夥伴。還請你相信我吧。」

「為我們介紹你的那個惡魔叫巴尼爾，他以前曾經說過我們只是美食製造機喔。」

聽我這麼說，布偶裝的動作瞬間靜止。

「什麼嘛，原來是巴尼爾大人認識的人啊。那這些麻煩的爾虞我詐可以省下來了吧。說的對，你們人類對吾等而言是美味的佳餚。你們的負面情感是吾等的食糧。聽懂了就乖乖把你的負面情感交出來，這個不懂禮貌的臭小鬼。」

這個傢伙突然開始爆粗口了！

「絕雷西爾特伯爵，我為那個男人的失禮言行道歉。你是惡魔這件事，我們沒告訴阿克塞爾的人。此外，我也向你保證，今後也不會公開你的真面目。所以……」

聽達克妮絲這麼說，口出惡言的布偶裝輕聲嘆息，一副興致勃勃的樣子。

「我記得達斯堤尼斯爵士應該是虔誠的艾莉絲教徒才對吧，放過我這個惡魔真的好嗎？而且，妳更是這個國家最忠心耿耿的忠臣，面對我這種真面目不明的怪物，卻打算置之不理嗎？」

聽見布偶裝的試探性言詞，達克妮絲瞄了我一眼，然後露出一臉認真至極的表情。

「如果是以前的我，大概怎樣也不可能視若無睹吧……但是，因為這個男人，現在的我已經學習到什麼才是真正必須守護的事物。應該守護的並非貴族的尊嚴，無力的弱者們才是真正該守護的人。這個男人教了我一句話叫作不分清濁、兼容並蓄，現在的我自認算是比較像樣的為政者了。此外……和真，我要向你道謝。如果沒有你，我現在還只是個不知變通的十字騎士。如果是以前的我，知道了絕雷西爾特伯爵的真面目之後絕對無法視若無睹吧。」

說完，她對我靦腆一笑。

「如何呢，絕雷西爾特伯爵，我剛才的回答是否讓你滿意？」

不久之後，達克妮絲再次轉頭隊布偶裝這麼說。

「……不，我想問的也不是那麼高深的事情……我記得，十字騎士應該多少能用一點神聖魔法才對。但是，如果放過我的話可能會影響妳對艾莉絲教的信仰心，導致妳無法使用魔法，我只是在擔心這個而已……」

現場陷入一片寂靜。

「那個……我不會用魔法，所以這個不成問題……謝謝你為我擔心……」

面對害羞地把自己縮得小小的達克妮絲。

「沒關係，這樣再好也不過了。哎呀，那種羞恥的負面情感是巴尼爾大人喜歡的味道。我沒有那種喜好，不需要給我那種負面情感。」

布偶裝如此追擊，讓達克妮絲羞紅了臉，趴到桌上。

「——好了，言歸正傳。你們想要我的指甲，不過如果是像巴尼爾大人那樣將本體放在地獄的大惡魔也就算了，像我這樣帶著實體顯現於世的惡魔，即使只是少了一小片指甲也會帶來相當嚴重的痛苦。」

優雅地翹著腳的布偶裝，以充滿威嚴的聲音這麼說。

這種聲音和態度散發出來的大人物感和逗趣的外貌正好相反，真教人不爽。

「關於這件事，老實說，我手頭上能夠自由運用的金錢並不多……雖然無法現在立刻支付，不過我以達斯堤尼斯之名發誓，一定會付錢給你！所以，還請你幫忙……」

達克妮絲顯得格外急切，但布偶裝一直保持沉默。

套句巴尼爾說過的話，惡魔這種生物對契約非常講究。

看來這種口頭承諾並不管用。

於是我決定出手搭救這樣的達克妮絲。

「錢我可以準備。」

「啥！」

達克妮絲嚇得轉過頭來。

這個傢伙以為我是為了什麼跟她來的啊？

不就是為了在這種時候談判嗎？

「也許你看不出來，不過我的資產相當豐厚。不僅如此，我最近還開始玩起期貨了。」

「你、你這個傢伙……我才稍微沒注意你一下，你就玩起那種東西來了啊？我勸你收手，外行人玩期貨會破產喔！」

我對表示擔心的達克妮絲晃了晃手指。

「聽好了達克妮絲，根據我收集到的預測情報，今年的雪精會變多。也就是說會比往年還要冷。考慮到這樣的氣象情報，我選了幾種可能會受到影響的農作物來買……而且還雇用了專精此道的專業人士。」

「你這個男人真的不知道會在什麼地方做出什麼事情來啊……專精此道的專業人士又是怎樣，你到底在哪裡認識的啊……」

達克妮絲看著我的眼神當中帶了幾分尊敬。

不過，即使看著我們如此互動，布偶裝依然不為所動。

「免了，我不需要錢。應該說，妳應該對我的經營手腕很清楚才對。我妥善運用領地，上繳給國家的稅款金額高到即使頂著這個模樣也能夠受到重用的程度……坦白說，就這方面而言，比起以清貧著稱的達斯堤尼斯家，我對國家的貢獻可能還大上許多吧。」

「嗚、嗚嗚……」

這個布偶裝長得這麼可愛，但意外的很難對付。

「……原來如此。不然這樣好了，由達斯堤尼斯家暗中相助，增加你的領地如何？」

「喂，和真，你不要擅自信口開河！」

布偶裝看著我，搖了搖肩膀，一副很想笑的樣子。

「不不不，我對領地已經很滿意了。再要更多土地也沒什麼用。」

我完全看不出這個傢伙想要什麼。

「喂，達克妮絲，以地位而言應該是你們家比較高吧？妳應該更強勢一點，靠權力來壓制他或是怎樣的啊。」

「別說傻話了，我剛才說過要不分清濁兼容並蓄沒錯，但再怎麼樣也不可能那麼做！」

「我聽得見喔。」

布偶裝對交頭接耳的我們這麼說。

可惡，既然如此就無可奈何了。

「喂，你這個傢伙，我們說的又不是叫你交出財產之類的無理要求，不過就是一小片指甲嘛，只要這樣就夠了。如此一來，小朋友們也開心，我們也開心，你的真面目不會曝光也開心。如何，你不覺得這是雙贏的關係嗎？」

「你這番話，我怎麼聽都有遭受恐嚇的感覺呢。」

布偶裝這麼說，聲音聽起來興致勃勃，同時不知為何又帶著一點喜悅。

沒錯，這是恐嚇。

「嘿嘿嘿，我說絕雷西爾特先生啊，這件事你知道嗎？阿克塞爾呢，有個阿克西斯教的大祭司，看見惡魔就會想要不由分說地先殺再說。要是那個傢伙知道你拒絕了我們的話，天曉得會怎樣……！」

「喂，和真，這句話再怎麼樣都已經踩線了吧！我都快要分不清楚哪邊才是惡魔了！」

布偶裝搖晃著毛茸茸的全身，同時放聲大笑。

「哈哈哈哈哈，不愧是巴尼爾大人認識的人！真是太有意思了，我從來沒想過會出現敢恐嚇惡魔的人呢！好吧，我也有我的慾望。只不過我想要的並非金錢和物質罷了。」

聽布偶裝這麼說，達克妮絲赫然抬起頭來。

「這個發展該不會是……！是身體嗎！你看上的是我的身體嗎！為了拯救小朋友們的性命就得獻上我的身體，你想這麼說對吧！可惡的絕雷西爾特伯爵，人稱殘虐公的你果然名不虛傳！穿上那麼可愛的布偶裝來蒙蔽世人的耳目，內心竟是卑鄙下流到了這種地步……！」

「不、不對，並不是這樣。惡魔沒有性別，而且也對人類的身體沒有興趣，不准胡亂誣陷我！」

布偶裝首次顯得慌亂。

「你們是冒險者對吧。」

接著他興致勃勃地這麼問。

「既然如此，你們想不想挑戰我們貴族的遊戲啊？」

最後以不符合可愛外貌，充滿威嚴的聲音對我們如此表示。

7

「其實在貴族之間，有一種讓怪物對戰，並且下注賭輸贏的野蠻遊戲。」

位於城堡地下的鬥技場。

在城裡的傭人帶我們前往那裡的路上，我聽達克妮絲這麼說明。

「我們去埃爾羅得的時候，那個王子不也準備了獅鷲嗎？將強大的怪物養在手邊，在部分貴族之間是一種身分地位的象徵。」

而那個布偶裝似乎也不例外，有在蒐集怪物。

然後，那個布偶裝開出來的條件是……

「和那個布偶裝養的怪物戰鬥，展現自己的力量是吧……」

該怎麼說呢，這或許是我來到這個世界之後最有冒險者感覺的事件。

為了拯救小朋友們，賭上藥的材料和貴族準備的怪物一決勝負，藉此取得所要的東西。

光是這樣聽起來要說帥氣或許是有點帥氣沒錯，不過……

「問題是只靠達克妮絲一個人打不打得贏。」

沒錯，對方指定的是達克妮絲一個人。

「我不知道對方到底在想什麼，不過既然他指定只要妳一個人上，妳可千萬別大意喔。雖然他說惡魔不分性別，但是天曉得是不是真的。以性騷擾手段讓女騎士屈服是壞蛋最想做的事情，誰知道前面等著妳的到底是怎樣的怪物……」

聽我這麼說，達克妮絲抖了一下。

一般來說我應該要問她是不是在害怕才對，但是……

「妳有點期待對吧？」

「……我、我才沒有。」

沒有理會我的擔心，和平常沒有兩樣的達克妮絲和我分開，走進鬥技場去了。

建造在城堡的地底下的這個地方，長得就和地球在羅馬時代出現的圓形競技場一樣。大小可以容納幾十個人類同時戰鬥，地板是暴露在外的土地。

傭人直接把我帶到布偶裝的座位旁邊來。

布偶裝亢奮地對走進鬥技場的達克妮絲說：

「歡迎來到吾之競技場！平常我都在這裡和其他人類貴族欣賞怪物之間上演的戰鬥……而今天要表演的就是妳了，達斯提尼斯爵士！」

這個布偶裝自己大概也很興奮吧，他以誇大的肢體動作在鬥技場的觀眾席如此宣言。

除了我們兩個以外的觀眾就只有傭人，大概是用了某種魔道具，所以儘管位於地底，這個廣大的空間卻充滿了有如白晝一般的燦爛光輝。

「好吧，絕雷西爾特伯爵！本小姐是神的僕人，十字騎士。無論你帶了何種怪物過來，我也絕對不會屈服！」

站在鬥技場中央的達克妮絲興致勃勃的程度也不輸布偶裝，微微紅著臉這麼回應。

……怎麼搞的，不知道是不是我的錯覺。

我總覺得這兩個傢伙彼此都充滿了期待。

「不愧是名門正派的達斯堤尼斯！了不起，太了不起了！像妳這樣自視甚高又高貴的人類，在屈服的時候產生的恥辱、屈辱、自卑感！那些才是吾最愛的負面情感！好了，尊貴的十字騎士啊，在吾的面前展現自己的力量吧！」

布偶裝亢奮地大喊之後，通往鬥技場深處的鐵柵欄便跟著開啟。

正當我和布偶裝俯視著挺立在鬥技場中央的達克妮絲時，在這樣的達克妮絲面前……

「先來小試身手吧，達斯堤尼斯爵士。妳就對付這群哥布林，展現自己的實力吧！」

布偶裝這麼說的同時，出現了將近一打的哥布林！

布偶裝宣告開始之後，已經過了將近十分鐘了吧。

「「這也太慘了吧。」」

我和布偶裝兩個人異口同聲。

「唔，我太大意了，竟然被區區的哥布林壓制住……！你們這些低賤的小魔怪，讓我無法動彈之後到底想怎樣！」

在鬥技場正中央的，是舉著劍大揮特揮之後，卻沒能打倒任何一隻哥布林，被數量優勢壓制住，倒在地上的達克妮絲。

「這到底是怎麼回事，達斯堤尼斯爵士……妳是這個國家的大貴族，而且還討伐了為數眾多的魔王軍幹部。這樣的人怎麼可能會被一群弱小的哥布林給扳倒……不對，我懂了！」

喃喃自語的布偶裝點了點頭，好像自己想通了什麼。

「原來如此，妳也知道這只是餘興節目！的確，只要妳認真起來，區區哥布林肯定會被一掃而空。但是，這樣就完全娛樂不到我，餘興節目也就沒有意義了……」

布偶裝繼續自言自語了起來，歪頭不解。

「而且，我完全感覺不到屈辱的負面情感和自卑感……原來如此，原來如此……也就是說，妳決定不主動攻擊，而且無論是何種怪物的攻擊都會接下來給我看是吧！」

好像誤會了什麼的布偶裝以穩重的聲音這麼問達克妮絲。

仔細一看，被壓倒在地上的達克妮絲也對這樣的布偶裝露出無懼的笑容。

「哥布林這種小咖的汙血只會弄髒吾之劍。吾之劍，並非為了傷害絕雷西爾特伯爵的怪物而存在。是為了守護這個國家而存在！」

說得好像很帥氣的樣子，但那個傢伙只是因為劍完全碰不到行動敏捷的哥布林而已吧。

「看來哥布林無法讓妳拿出任何一分實力來呢……哥布林啊，退下吧！」

大概是把布偶裝當成上位怪物了吧，哥布林們放開達克妮絲，乖乖退到鬥技場深處去。

滿意地看著牠們退下之後。

「達斯堤尼斯爵士，這是警告。」

只有聲音充滿壓力的布偶裝以沉重的嗓音宣告。

「我接下來要放出來的，是堪稱十字騎士之天敵的怪物。牠被指定為瀕危物種，曾經獲得女騎士殺手、公主騎士殺手及其他各式各樣的稱號，現在已經成為傳說的一種怪物。」

「你、你說什麼！」

達克妮絲的表情充滿期待，顯得坐立難安。

或許是以為這是害怕的表現吧，布偶裝也有點興致高昂了起來。

「沒錯，妳想必也聽過這個名字吧！這種怪物是眾所周知的女性公敵……」

「等一下，你剛才說女性公敵對吧！難不成……是魔改史萊姆？或者是繩怪……不對，剛才還提到瀕危物種，難不成，你這個傢伙！」

達克妮絲的聲音亢奮到都拔高了，使得布偶裝越來越得意，開心地舉起手來。

「看來妳已經知道會出現什麼怪物了對吧！牠就是你們十字騎士的天敵，過去和哥布林並稱的超主流怪物！」

隨著他的發言，與鬥技場相鄰的鐵籠喀嚓一聲開啟。

「出來吧，純種的公半獸人啊！展現你們令世間所有女子聞風喪膽的力量吧！」

隨之現身的，是原本以為早已絕跡的半獸人前輩。

從鐵籠裡跳出來的是兩隻半獸人。

那兩隻半獸人，對紅著臉，渾身顫抖的達克妮絲表現出強烈的警戒反應。

「竟有此事，相傳已經絕跡的公半獸人原來還活著！」

達克妮絲這番聽起來既像是喜悅又像是驚恐的發言，讓布偶裝開心地放聲大笑。

「哈哈哈哈哈！好好娛樂我吧！讓我看看被渴求女人的半獸人們制伏之後，擁有崇高心靈的艾莉絲教十字騎士屈服的模樣！讓我品嘗充滿恥辱的最佳負面情感吧！」

半獸人對女騎士。

我的天，為了拯救小女孩而四處調度藥材的任務之後還有這個，怎麼到了現在才接連冒出這麼多異世界事件啊！

明明接下來達克妮絲可能會變得非常悽慘，為什麼我卻如此興奮呢！

要是真的被侵犯了我當然不會饒恕他們，但如果只是稍微被玩弄一下的話，她本人應該也還滿開心的，害我覺得好像可以多觀察一下狀況。

「可惡，我的天啊！我是很想去救你沒錯，但是要是我在這個時候出手相救的話，妳好不容易撐到現在的努力就會白費！達克妮絲，加油啊！別輸給半獸人前輩！」

「為什麼你看得那麼認真啊！要是你出手救我的話確實是個問題，但表現出那種一臉期待的態度也讓我心情很複雜……！」

「很好，上吧，半獸人們！」

布偶裝一聲令下之後，兩隻半獸人看向彼此……！

然後夾著長得像豬的尾巴，一點一點往後退回籠子裡。

「喂，達克妮絲，怎麼了！妳對半獸人前輩做過什麼嗎！妳以前該不會砸錢買過半獸人小男孩，還對人家毛手毛腳吧！」

「誰會做那種事情啊，你真是夠了，不准再把我當成痴女了！應該說，這兩個傢伙不知為何看到我就顯得很害怕！」

這到底是怎麼回事？

「喂，這是怎樣啊布偶裝，你是不是沒有調教好啊！」

「你這傢伙憑什對我說那種話！這到底是怎麼回事，為什麼半獸人如此害怕……！……我知道了，十字騎士自帶神聖的庇祐，身為邪惡生物的半獸人們才會感到恐懼吧！」

聽他這麼說，我想起一件事。

啊啊，我懂了。

一定是母半獸人當那些半獸人還小的時候，在他們心中留下心靈創傷了吧。

「夠了，看來這對你們而言負擔太重了，退下吧！」

聽見布偶裝這麼說，半獸人們便快步縮了回去。

「怎麼了，絕雷西爾特伯爵！你不是要讓我屈服嗎！這點本事居然號稱殘虐公，太教人失望了！」

「咕唔……！」

感覺有點燃燒不完全的達克妮絲紅著臉如此煽動布偶裝。

那個傢伙該不會忘記原本的目的了吧。

「呵呵呵，呼哈哈哈哈哈！妳真是超乎我的期待啊，達斯堤尼斯爵士！看來哥布林和半獸人對妳來說不算什麼。既然如此，就由我親自當妳的對手吧！」

這個傢伙是認真的嗎！

「難不成你想穿著布偶裝和她戰鬥嗎，現在放棄還太早了吧？還有吧，你應該還有更危險的怪物吧！連半獸人前輩你都有養了，總會有魔改史萊姆或繩怪之類的吧！」

「那些怪物我確實不是沒有養。不過，她就連看見醜惡的半獸人也堅強地撐住了，那種程度的怪物大概也沒有什麼太大的作用吧。因為……從剛才開始，達斯堤尼斯爵士就完全沒有散發出恐懼和著急的負面情感！」

不會啦，保證有用，超有用的！

我覺得對那個傢伙一定非常管用。

然而，布偶裝還是以外表看不出來的輕盈動作往鬥技場跳了下去。

「什麼！」

面對突然闖入的布偶裝，驚訝的達克妮絲輕輕叫出聲來。

「好了，展現妳的力量吧，達斯堤尼斯爵士！我要讓妳屈服，藉以品嚐最棒的負面情感！」

這時，外表逗趣的布偶裝展開雙手，攻向了達克妮絲！

9

「……太丟臉了。」

「就是說啊。」

我們離開絕雷西爾特伯爵的城堡之後，坐在垮著雙肩的達克妮絲駕駛的馬車上，在這個小鎮找地方落腳。

「……沒想到妳和那個惡魔居然那麼合得來。」

坐在車夫座旁的我對達克妮絲這麼說。

「…………太丟臉了。」

「就是說啊。」

殘虐公絕雷西爾特。

實際和達克妮絲打起來，才知道他是個不辱此名的惡魔。

「…………沒想到妳會因為那種玩法渾然忘我，玩得那麼不亦樂乎……」

「喂，不准說得那麼猥褻！我也是第一次碰上那種狀況！誰想得到從那麼可愛的外表之下，居然會蹦出那種東西來啊……」

後來，在攻向達克妮絲之後。

布偶裝背上的拉練滑開，結果從裡面……

「不過該怎麼說呢，我個人是覺得賺到了，所以無所謂啦……」

「忘掉那件事！真是的，巴尼爾也好，絕雷西爾特伯爵也罷，我最不會對付惡魔了！」

為了達克妮絲的名譽，我就不回想發生過什麼事了……

「現在只能慶幸惡魔沒有性別之分……」

「妳這個傢伙才說過喜歡我不是嗎……」

在我譴責的眼神之下，達克妮絲不禁別開視線。

話說回來，接下來該如何是好呢？

那個布偶裝的出發點大概是想讓達克妮絲感到恐懼，但是這個女人卻出乎意料的開心。

得不到預期中的負面情感，布偶裝一時不高興就走人了。

照這樣看來，就算想再次談判，對方也不知道願不願意見我們……

正當我如此煩惱的時候，一個熟悉的盜賊身影出現在馬車的正前方。

「喂，達克妮絲，妳看那個。」

「……真是太丟臉了…………嗯？那是克莉絲嗎？她怎麼會在這裡？」

在我們面前對馬車揮手的是一名銀髮盜賊，同時也是我的頭目，克莉絲。

我不知道她為什麼會出現在這個城鎮，但是有一件事情我可以肯定。

克莉絲朝我們這邊跑了過來，對著依然垮著雙肩感到沮喪的達克妮絲說：

「嗨，好友！我來幫妳了！」

說完，她露出燦爛的笑容。

最終章

為十字騎士獻上艾莉絲的庇祐！

1

「助手老弟助手老弟！你看你看，有一間很大的旅店耶！今晚就住那裡吧。」

和我們會合之後，從剛才開始就異常興奮的克莉絲這麼說了。

「頭目有錢住那種地方嗎？在我的印象當中，妳是那種賺到錢就會馬上花光的人吧？」

在擔任車夫的達克妮絲身後，我和克莉絲東張西望，找著今晚的落腳處。

「我怎麼可能有錢呢。我手上的錢大部分都會捐到艾莉絲教會去，剩下的也都用來狂喝酒啊。」

「這樣不就沒搞頭了嗎，頭目？那妳今天晚上怎麼辦啊？」

對於我的問題，克莉絲露出賊笑。

「吶，助手老弟，我們的關係有那麼疏遠嗎？感情都好到會一起在半夜在城鎮當中四處奔走了不是嗎？我們早就已經是同伴了對吧？既然如此當然要一起過夜啊！」

意思是要我幫她出旅店的錢就是了。

這點小事我是不在意，不過在我回答之前，達克妮絲已經轉過頭來說：

「克莉絲的份我來出。畢竟她為了幫我們還特地從阿克塞爾趕過來……話說回來，克莉絲啊，妳對艾莉絲女神的信仰心還是這麼虔誠固然很好，但是為了將來著想，還是存點錢比較好喔。」

「太好了，謝謝妳，達克妮絲！將來的事情我多少有在想啦。」

說著，克莉絲從車夫座後面摟住達克妮絲的脖子。

「現在不是謝謝我的時候。應該說，我最擔心的就是妳了。我有老家可以靠，人在這裡的和真不但有豪宅也有資產。阿克婭和惠惠也有這個男人可以養她們。但是，克莉絲，妳平常都上哪去了？住的地方也不固定，也完全沒有存款。要說這樣很有冒險者風範是沒錯，不過我看妳還是差不多該考慮住進我們的豪宅裡來了吧……」

「不、不用啦，達克妮絲，我不要緊啦！別看我這樣，我有很多可以過夜的地方，總會有辦法的。」

達克妮絲這麼說教，讓克莉絲微微別開視線。

「有什麼辦法妳說說看！妳該不會還在做那種和犯罪沒兩樣的事情吧？要是妳被逮住了，我也沒有辦法坐視不理喔。如果是以前的我也就算了，現在我很有可能忍不住動用權力稍微幫妳關說一下。拜託妳盡量不要讓我做出那種事情來。」

「妳是怎麼了，達克妮絲！那個不知變通的達克妮絲怎麼會變成這樣……吶，是你害的對不對！是你帶壞達克妮絲的對吧！還給我！把我純潔、天真、很脫線，又容易上當的達克妮絲還來！」

「不要怪到我頭上來啊頭目，這個傢伙從以前開始就很奇怪了啦。」

——正當我們在城鎮入口吵鬧的時候，傍晚的報時鐘聲響了。

「頭目，我們差不多該去勘查了。而且仔細想想，其實也不需要旅店。因為還有需要服藥的小朋友在等我們，幹完這一票之後就要直接離開城鎮趕路了。」

難得克莉絲都趕來了，如此一來手段就只有一種。

當然就是……

「嗚嗚，我也要變成共犯了嗎……我終究得弄髒自己的手了……」

從剛才開始就一直很糾結的達克妮絲抱著頭喃喃自語。

「別這樣嘛達克妮絲，這也是為了小女孩而必須去做的事情啊。既然如此也就無可奈何了。雖然很對不起那個叫絕雷西爾特的人，不過我們還是得帶走那個藥材！」

說著，克莉絲拍了拍達克妮絲的肩膀。

克莉絲來到這裡的理由。

根據她本人表示，是「想來就來」。

不過，我知道真相。

達克妮絲在啟程之前，去艾莉絲教堂祈禱過。

也就是說……

「頭目，說來說去妳還是很會照顧人嘛。」

「……？我不知道你在說什麼，不過謝謝喔。」

順道一提，我們接下來要闖進惡魔的城堡，克莉絲卻是如此冷靜。

理由當然是我們還沒把那個布偶裝的真實身分告訴克莉絲。

之所以這麼決定，是因為達克妮絲表示，克莉絲有個習性是看見惡魔和不死怪物就會渾然忘我地發動攻勢，所以她要我盡可能瞞著克莉絲。

不過就算是知道克莉絲的真實身分的我也覺得，闖進去偷東西也就算了，要是她說要收拾掉那個布偶裝的話我也很傷腦筋，所以就答應照辦了。

「先別說這個了，妳可以不要一直東張西望嗎，頭目？又不是鄉下小孩。再加上妳的一頭銀髮，這樣非常醒目耶。」

平常多半都是單獨行動的克莉絲大概是因為久違的團隊行動而感到興奮吧，她像個第一次進城的鄉巴佬一樣興致勃勃地到處亂看，一點也靜不下來。

而達克妮絲對這樣的克莉絲說：

「我從以前就一直很好奇，你們的交情怎麼不知不覺間變得那麼好啊？等我發現的時候你們甚至組了一個盜賊團，但是根據我的記憶，你們兩個應該沒有任何交集才對吧……」

聽達克妮絲這樣刺探我們，克莉絲帶著賊笑戳了戳她的側腹。

「怎麼啦達克妮絲，妳那麼在意我和助手老弟的關係嗎？這麼說來，我還沒有問達克妮絲和助手老弟的感情發展到什麼階段了呢。不然要我回答剛才的問題也可以，但是達克妮絲也要回答我來交換喔。」

聽哪壺不開提哪壺的克莉絲這麼說，達克妮絲瞄了我一眼之後轉過頭去。

看見達克妮絲的反應，克莉絲對我耳語：

「吶，助手老弟助手老弟，達克妮絲的反應不太對勁耶，你到底做了什麼啊？」

不愧是她的好朋友，她似乎發現我們的關係有點不太順利了。

「我什麼都沒做喔。不如說就是因為什麼都沒做才會變得這麼尷尬。簡單來說呢，就是達克妮絲對我告白了，但是我和惠惠發展得還不錯，所以我就甩了達克妮絲……」

「咦咦！助手老弟你把達克妮絲給甩了喔！」

克莉絲這句話，讓握著轡繩的達克妮絲的背影抖了一下。

「頭目，太大聲了啦！我們都已經夠尷尬了，為什麼妳還要這樣大聲捕刀啊！」

「可是！可是……！」

從車夫座後面看過去，達克妮絲好像沒什麼變化，但我總覺得她的耳朵附近似乎變得有點紅。

看吧，達克妮絲肯定也很介意！

「助手老弟，也就是說你已經在和惠惠交往嘍？」

克莉絲的表情充滿期待，把臉湊過來對我如此耳語。

「不，目前還是同伴以上戀人未滿的程度吧。」

「那是什麼不乾不脆的關係啊。吶～你和惠惠進展到什麼階段了啊？親過了沒啊？」

這位女神是怎樣？

為什麼對情愛之事的好奇心如此旺盛啊？

大概是很好奇我們交頭接耳的在說什麼，達克妮絲雖然手握韁繩看著前面，但是耳朵從剛才開始就動個不停。

「我和惠惠什麼都還沒發生過……」

雖然有過一起泡澡、雙手互握，還有蓋棉被抱在一起的經驗就是了。

「真是令我意外啊，我還以為助手老弟會更像色心大開的男生，積極地大力發動攻勢呢。」

不好意思，我其實也攻得滿大力的沒錯。

只是還沒有那個膽量攻到最後，也沒膽量負責而已。

「這樣啊，如果是這樣的話達克妮絲也還有機會嘍。」

「不，我這個男人其實挺老實的喔。妳說那種話引誘我也沒用啦……」

沒錯，我在拒絕達克妮絲對我的好意的時候也很痛苦。

老實說都快哭出來了。

……不，後來小小享受了一下的我也沒資格說什麼就是了。

這時，克莉絲的嘴角浮現了笑意。

「不過，你這個人意外的很有責任感，而且最後還是無法坐視不管的那種人對吧？要是真的越過最後一道界線的話，至少會負責吧？既然如此，就是……如果達克妮絲下次不是親你的臉頰，而是正式和你接吻的話……！」

她一邊這麼說，一邊用手肘抵著我的側腹轉來轉去……

「我和達克妮絲已經接吻過了啊。」

「你等一下喔，這是怎麼回事！你和惠惠的關係不是比較親密嗎！你和惠惠還沒有怎樣，為什麼會和達克妮絲變成那種關係啊！難道是因為我還小，才不懂你在說些什麼嗎！」

我沒有理會驚訝的克莉絲。

「喂，達克妮絲，那邊那塊空地應該很適合用來暫時停放馬車吧？感覺來往的人也不會太多。」

「說的對，就停那裡吧。」

「吶，別想蒙混過去喔！告訴我啦！吶，達克妮絲，我們是好朋友對吧，你們到底為什麼會接吻啊，快告訴我！」

「喂，和真，你到底告訴了她什麼！克莉絲也別問這件事了！」

紅著臉的達克妮絲轉過頭來，慌張地這麼說。

2

把馬車停在空地之後，克莉絲不斷逼問達克妮絲。

之後，換達克妮絲反過來逼問克莉絲舉凡平常都在做些什麼之類的問題，打發了一下時間……

然後到了現在。

夜幕已經低垂的時候，我們再次來到絕雷西爾特伯爵的城堡前面。

好了，大概是因為有過幾次和克莉絲一起潛入的經驗了吧，時至今日我也差不多已經很習慣溜進去建築物裡面了。

該如何攻略這座城堡呢……

正當我如此煩惱的時候，和克莉絲一樣在嘴邊蒙著布條的達克妮絲用力拉了拉我的衣服。

「吶，和真，你到底在煩惱什麼啊？都已經來到這裡了，也只能闖進去了吧。在我們裹足不前的現在，小朋友們依然在受苦受難……我已經有所覺悟了，要上就趕快。」

達克妮絲輕聲細語地這麼說，顯得有點著急。

現在的達克妮絲卸下了沉重的鎧甲。

穿在鎧甲底下的黑色緊身衣看起來莫名性感，感覺比我們還像盜賊。

「聽好了，達克妮絲。我們是專業人士，而妳對這種事情是門外漢。既然如此，這種時候應該聽我們兩個專業人士的意見才對。」

「就是說啊達克妮絲，妳身為貴族千金，對這種事情原本就很生疏吧？沒問題，交給克莉絲小姐就對了。畢竟我和助手老弟連王都的城堡都闖進去過。」

我們充滿自信地說出這種大話，卻換來達克妮絲充滿懷疑的眼神。

「那個時候你們的確是闖進城裡了，但是也完全被追得到處跑啊。」

達克妮絲精準的吐嘈，讓克莉絲連忙指著我說：

「那是因為助手老弟他……！」

「頭目，現在不是挖出那麼久以前的事情來互揭瘡疤的時候。在我們裹足不足的現在，小朋友們……」

「話是這麼說沒錯，但是你沒資格說吧！」

沒有理會吵鬧的克莉絲，我發動千里眼技能尋找入侵路線。

這座城堡圍著一圈高聳的圍牆，位於正面的城門完全關上了，也沒有看似後門的東西。

總不可能為了前入圍牆裡面而挖地道，所以剩下的方法就只有……

「頭目，妳有繩索嗎？」

「當然有啊。繩索是盜賊的必備道具耶。」

我和克莉絲對彼此點頭，然後隨手摸出繩索。

「你們兩個人平常就把那種東西帶在身上到處走嗎？不對，是因為早就想到要潛入了，才為此而準備的吧……」

「不對喔達克妮絲，身為盜賊就應該隨時帶著這種東西才行。」

聽克莉絲這麼說，達克妮絲瞬間僵了一下。

「頭目，妳忘記了啊，這個傢伙從小在貴族家長大，沒有一般常識……」

「啊，也對，對不起喔，達克妮絲。」

對於我和克莉絲的這番對話，達克妮絲顯得有點無法接受，但還是乖乖跟著我們走。

城堡前面有門衛在看守，但是包圍城堡的外牆似乎沒人監看。

我們繞到城堡的側面，拋出綁著鉤子的繩索，確認已經鉤牢了。

而達克妮絲則是一臉佩服地看著我和克莉絲這麼做。

「你們的技術相當高超呢。」

聽達克妮絲如此稱讚的同時，我和克莉絲分別抓住自己拋出去的繩索，瀟灑地……

「可惡，繩索好滑，還挺難爬的！」

「助手老弟，以我的臂力沒辦法靠這根繩索爬上去啦！」

「頭目，在繩索上打結，做出幾個球狀的地方吧。這樣一來應該會比較好爬一點才對。」

看著溫溫吞吞的我們……

「吶，你們兩個，以我的力氣大概有辦法用那條繩索爬上去，要不要我先爬上去再拉你們上去啊？」

達克妮絲怯生生地如此提議。

「喂，達克妮絲，外行人不要憑那種膚淺的想法插嘴。」

「就是說啊，達克妮絲，哪怕只是一時輕忽也很有可能釀成大禍。初學者因為沒有經驗，才會覺得乍看之下好像很簡單。妳別管那麼多，交給我們就對了。」

「這、這樣啊，抱歉，我不應該多嘴的。」

不過，難得她這麼有心。

我們感受到達克妮絲的幹勁，決定讓她先上去。

只靠臂力攀爬繩索的達克妮絲，和順利被她拉上去的我們，謹慎地潛入城內。

「好了，那麼達克妮絲，妳在最後面跟著我們。」

「我和頭目可以使用潛伏技能，但妳當然不行。別放開我的手喔。」

「我、我知道了！」

達克妮絲老實地握緊我的手。

「好，今天的妳是我的後輩，妳就叫我一聲和真前輩吧。」

「和真前輩。」

「沒錯，我就是和真前輩。」

哎呀，聽她這樣叫我還挺不錯的。

「達克妮絲，再叫一次。」

「和、和真前輩。」

「助手老弟，別玩那種愚蠢的遊戲了，快點走吧。」

要求達克妮絲叫了我的名字幾次之後，克莉絲如此制止我們。

「頭目在得到我這個優秀的部下的時候，明明也要求我叫妳叫了好幾次。」

「這個跟那個是兩碼子事吧。別說這些了助手老弟，我們還是趕進度吧。」

把精神放回正事上的我，對新手達克妮絲說明。

「聽好了新手，這種時候城主最有可能待在最高的地方。地位比較高的人和頭目級的敵人有種習性，很喜歡住在高處。」

面對我完美的推測，克莉絲默默地不住點頭。

「不，我來過這裡幾次，我記得絕雷西爾特伯爵喜歡住在他養怪物的鬥技場裡。我們先去那裡好了。」

結果新手達克妮絲這麼說……

「聽好了達克妮絲，我們剛才說的只是普遍性的預測。這座城堡的城主在哪裡我當然知道啊，再怎麼說我也有感應敵人技能耶。」

聽我這麼說，克莉絲再次用力點頭。

「這、這樣啊，抱歉，我好像又多嘴了。」

於是達克妮絲連忙道歉。

「不，沒關係。妳還是外行人，所以這也是無可奈何的事情。而且，有時候外行人才會想到一些新穎的主意。如果妳有發現任何事情的話儘管說出來沒關係。那麼，我們就先到地下去好了。不過，在那之前……」

在我們眼前，有一扇通往城內的門。

或許是因為位於這種邊境的城鎮吧，儘管外牆的正門前有門衛，這扇門的前面和後面都感覺不到人類的氣息。

不知道是因為位於邊境所以不太需要看守，還是因為城主是惡魔所以不太需要防備……

「這個時候就該我上場了。看我用開鎖技能輕鬆打開。」

充滿自信的克莉絲這麼說完，站上前去……

「助手老弟，不好了！這扇門沒有鑰匙孔耶！」

「真的嗎頭目，這樣要怎麼辦啊？這該不會是要用通關密語開啟的魔法門之類的吧？」

迎頭撞上難關的我們如此交頭接耳。

就在這個時候。

「不，這一類的門，是像這樣……」

達克妮絲穿越了我們，舉起那扇門。

「往上抬的門，經常用在形式比較舊的城堡。門本身相當重，必須要有人抬著才進得去，所以能夠阻擋敵人成群入侵，相當優秀……你、你們兩個怎麼了……」

看我們兩個不發一語，達克妮絲露出困惑的表情。

「喂，達克妮絲，如果有陷阱的話妳打算怎麼辦啊？幸虧我的運氣好，這次才沒有陷阱好嗎……」

「就是說啊達克妮絲，居然就這樣隨便亂開，妳到底在想什麼啊？因為我的幸運值是阿克塞爾數一數二的高，這次才沒有陷阱。」

「抱、抱歉，你們兩位，我確實有欠考慮。」

達克妮絲乖乖道歉。

「沒關係啦，妳是外行人嘛。不過接下來，還是妳走前面吧。」

「說的也是，雖然達克妮絲是門外漢，不過只有這次還是讓妳帶頭好了。有我們兩個專業人士協助妳，所以妳不用擔心。」

「這、這樣啊？既然如此就這麼辦吧……」

說完，達克妮絲微微歪著頭，走在最前面。

後來，不愧是號稱來過這座城堡好幾次的達克妮絲，憑藉隨處亮著的微弱燈火，順暢無比地前進著。

「助手老弟助手老弟，我們現在是不是反而成為累贅了啊？」

「頭目，好戲在後頭啦。再怎麼說達克妮絲在很多方面都很脫線，我們兩個專業人士得好好協助她才行。」

雖然好像從剛才開始都是她在協助我們就是了。

就在這個時候。

我和克莉絲同時停下腳步。

因為我們感覺到前方有怪物的氣息。

這麼說來，那個布偶裝可以命令怪物。

城外的警衛工作還是得交給人類士兵負責，不過負責城內似乎是他養的怪物呢。

「喂，達克妮絲。前面那個通往地下的樓梯有怪物在看守。妳的攻擊大概打不到他們吧。這裡交給我和頭目，妳幫我們注意有沒有人過來。」

「我知道了！這次我真的要好好見識一下你們的實力！」

達克妮絲臉上寫滿了期待而興奮不已，我和克莉絲則是對她豎起拇指，然後使用潛伏技能，一點一點接近傳出氣息的地方。

站在那裡的是……

「助手老弟助手老弟，是半獸人耶！是以前被指定為瀕危物種的怪物，公的半獸人耶。打倒牠們不會有問題嗎？」

恐怕是母半獸人過去在牠們心中留下非常深刻的心靈創傷吧。

站在那裡的，是那兩隻害怕人形雌性生物的半獸人前輩。

「可以的話我希望能夠留半獸人前輩一條生路。」

「吶，半獸人前輩是怎樣？……不過我知道了，這裡就由我打頭陣吧。那些半獸人很害怕女人對吧？我去對他們施展『Bind』，助手老弟就和達克妮絲一起負責留意四周吧。」

克莉絲這麼說完，就從腰際拿出施展「Bind」用的繩索……！

然後當出現在半獸人面前的瞬間，沒兩下就被壓制住了。

「助手老弟！救命啊，助手老弟，助手老弟！」

被半獸人們壓制住的克莉絲，身上的裝備被一一扒掉。

「事情和你說的不一樣吧，助手老弟，你不是說這些半獸人很怕女生嗎！等、等一下！快住手、助手老弟——！達克妮絲——！我要被扒光了、我要被扒光了！」

克莉絲的裝備轉眼間就被扒到只剩下熱褲和一件上衣，而我和達克妮絲為了救這樣的她，衝了出去！

「嗚、嗚……謝謝你們，我差點就要大事不妙了……」

身上只剩內衣褲的克莉絲癱坐在地上哭哭啼啼，身旁則是中了我的「Bind」而動彈不得，躺在地上的半獸人們。

「應該說，這些傢伙看見達克妮絲來救人的時候就很害怕，所以對女人感到恐懼這一點應該沒有改變吧？換句話說，牠們是因為克莉絲看起來像男生……」

「噓——！喂和真，不要繼續說下去！乖，克莉絲，已經不要緊了，把衣服穿上吧。」

達克妮絲一邊這麼說，一邊把克莉絲的裝備一一撿回來。

「嗚嗚……吶，達克妮絲，我已經嫁不出去了……」

「放心吧克莉絲，對方是怪物所以不算，不算喔。」

儘管這麼說，達克妮絲卻以有點渴望的眼神不斷瞄著半獸人，讓我有點在意。

「無論如何，多虧頭目挺身而出，我們才能夠進入地下。那麼，咱們走吧！」

3

現在明明已經是晚上了，城堡的地下卻比我們白天來的時候還要明亮，而且到處都可以感覺到怪物的氣息。

「吶助手老弟，這座城堡好像不太對勁耶。我聽你們兩個說他是養怪物的貴族，可是卻會大大方方地放養半獸人當門衛。而且，這裡隨處可以感覺到的怪物氣息也一直在到處移動，我不覺得牠們有被關在籠子裡面耶……」

那當然了，因為這裡是惡魔統治的城堡嘛。

「這當然是有理由的，不過現在就先別管這個了。我們要盡量避免戰鬥。」

我想，根據頭目角色的習性，那個布偶裝應該待在最裡面才對。

確認達克妮絲也贊同我的意見之後，我們便躡手躡腳地繼續前進。

「儘管能夠以感應敵人技能發現敵人，並且以潛伏技能躲起來，我原本還以為應該至少會碰上一場無法避免的戰鬥才對……」

達克妮絲疑惑地這麼表示。

「目前還很順利呢。怎樣啊達克妮絲，我和頭目一出馬就是這麼厲害。」

「就是說啊，助手老弟，有我們兩個人的幸運就是這麼順利。」

……

「……儘管如此。你們從剛才開始，先是在外牆吃盡苦頭，在開門的時候也吃盡苦頭，對付半獸人的時候也吃盡苦頭，該怎麼說呢……」

「喂達克妮絲，別再說下去了。任何人都會犯錯。妳在來這裡的路上，不也在半夜煩惱著可能是因為妳把西兒菲娜叫來阿克塞爾才害她在旅途中染病了嗎，我知道喔。而且病還傳染給其他小朋友們，妳不也為此而後悔嗎。沒錯，任何人都會犯錯。重要的是別因此而顧著後悔，一蹶不振，只要像我們這樣挽回名聲就好了。」

「助手老弟說了一句好話呢！就是這樣，即使稍微犯了一下錯，只要最後能夠得到豐碩的收穫，便足以扯平了。所以達克妮絲也不可以這樣一蹶不振下去喔。」

聽了我們的鼓勵，達克妮絲眼中泛淚……

「你們……說的也是，我也不能一直煩惱下去，應該先為了調度藥材而行動……」

…………

「……吶，等一下喔。我確實是犯了錯，也因此而沮喪，不過那件事和現在的這個情況應該沒什麼關係吧……」

「達克妮絲，安靜點。看來前面只有一條路了，通道的盡頭大概就是那個布偶裝伯爵的房間了吧？」

「是啊，瀰漫在前方的氛圍怎麼看都是頭目的房間會有的感覺。資深盜賊的直覺這麼告訴我……」

「的確，這條路前方就是絕雷西爾特伯爵的寢室沒錯……可是你們兩個，我還是覺得你們只想把這件事蒙混過去耶……」

沒有理會碎碎唸著莫名奇妙的內容同時跟著我們走的達克妮絲，我和克莉絲消除氣息走在前面。

不久之後……

走過裝飾得相當邪惡的通道之後，盡頭是一扇感覺十分厚重，顏色漆黑的門擋住我們的去路。

我和達克妮絲對彼此點了點頭，輕輕把耳朵貼到門上。

而克莉絲用力拉了拉我的衣角，對我耳語：

「吶助手老弟，這裡真的是黑心貴族的城堡嗎？門上的裝飾也好，通道也罷，總覺得很有住的是魔王軍幹部之類的人的邪惡感覺……」

克莉絲依然不知道絕雷西爾特伯爵的真實身分，不過她的意見倒是相當切中要點。

「正確說來，也不能算是黑心貴族啦。不過無論如何，我們都得把這裡的城主手上的東西拿回去，否則小朋友們就沒命了。唯有這一點是千真萬確的。」

「和真說的沒錯，克莉絲。這次的目的是把藥材帶回去。請妳只想著這件事，放在第一優先……聽好了喔，算我拜託妳，千萬別失去理智喔。」

「吶，你們兩個是怎麼了？為什麼要一再警告我這麼多次啊？這扇門後面有什麼啊？」

沒有理會露出一臉不安表情的克莉絲，我和達克妮絲對彼此點了點頭……

然後用力打開門，殺進房間裡面！

對方是惡魔。

就算已經這麼晚了也不可能在睡覺。

既然如此，我們只好採取突然開門，趁對方疏忽的時候迅速解決的方式了。

我們衝進裡面的時候，大概是以某種惡魔的力量察覺到城裡的異狀了吧，那個布偶裝已經佇立在房間中央等著我們了。

「歡迎光臨啊，入侵者！這裡是什麼地方，你們肯定知道吧。呵呵，素昧平生的，神祕的入侵者們啊……」

這有點出乎我的預料。

我原本還以為他至少在自己的房間裡休息的時候會脫掉那套布偶裝，看來我的想法太天真了。

如此一來，我們得先脫掉他的布偶裝或是怎樣的，才能夠硬搶指甲的碎片了。

而且聽這個傢伙的語氣，他肯定……

「可惡，這個傢伙知道我們的真面目是誰！」

看見那個布偶裝的克莉絲大喊。

「吶助手老弟，怎麼辦！你們叫我不要失去理智是這個意思嗎？我辦不到這種事，要我攻擊這麼可愛的東西，我實在有點辦不到！」

不對，不是那個意思！

「喂，克莉絲，別大意！那個傢伙看起來很可愛，但是裡面裝了非常恐怖的東西！我們的目的是那個傢伙的一小片指甲！他的指甲碎片，好像是霍蘿莉病的特效藥的材料之一！」

聽我這麼說，克莉絲突然停止動作。

「用來調配霍蘿莉病的特效藥的，指甲的碎片……」

克莉絲簡直就像知道那個材料是什麼似的，表情突然嚴肅了起來。

「沒錯，克莉絲！妳用『Bind』限制絕雷西爾特伯爵的動作！內容物的強烈攻擊全部由我概括承受……！」

說著，達克妮絲站到我們前面去。

「不愧是長得和盾之一族極為神似的入侵者！我欣賞妳的氣概！不過，區區的人類究竟能夠承受我的全力攻擊到什麼地步呢，就讓我……！」

布偶裝自信滿滿地展開雙手，表現出戲劇化的動作，而就在這個時候。

我和達克妮絲根本來不及制止，只見展開雙手的布偶裝的側腹處……

——已經被迅速攻進他懷裡的克莉絲雙手拿匕首捅傷，深到整支刀身都不見了。

「好痛啊啊啊啊啊！等、等一下……！」

放聲慘叫的布偶裝將打算順勢騎到他身上的克莉絲推開，然後慌著拔出刺在側腹上的匕首丟掉。

布偶裝被捅出來的裂縫沒有流血，而是冒出看似瘴氣的黑色霧氣，同時咻咻作響。

「夠、夠了喔克莉絲，妳幹嘛劈頭就來這招啊，用『Bind』就可以了！我們需要的只有這個傢伙的指甲尖端而已，用不著打倒他！不對，毋寧說惡魔被打倒之後會被送回地獄去，所以身體會消失！這樣就沒有辦法取他的指甲了！」

阿克婭很久以前曾經說過。

艾莉絲面對不死怪物和惡魔的時候比她還要不留情面。

儘管被布偶裝推開了，克莉絲還是緩緩站了起來。

於是我從背後扣住她的雙臂，制止了她。

「啊啊！助手老弟，你幹嘛啊！」

「妳還敢問我幹嘛，不要忘記我們的目的好嗎！我們需要的是那個傢伙的指甲！」

聽見我這句話，她總算恢復了理智。

「對喔！要打倒他也得等到剝下他的指甲之後才行！」

不對，我不是這個意思，不需要打倒這個傢伙好嗎！

然而克莉絲絲毫沒有感受到我這樣的想法，惡狠狠地瞪著布偶裝。

「那個像子彈一樣橫衝直撞的小男生是怎樣！」

「我是女生！」

克莉絲照足了禮數回嘴，而布偶裝面對這樣的她不停顫抖。

「是男是女都無所謂！那是魔法匕首嗎？還是某種詛咒道具嗎？光是碰到那個東西我就像是觸電了似的！我感覺到想要殺害惡魔的可怕怨念！」

「請你說是灌滿了神聖的祈願好嗎！這可是專門製作來對付惡魔的強力匕首！」

說著，克莉絲撿起掉在地上的匕首，擺出架勢。

「妳這個莫名瘋狂的小女孩，不知為何，妳讓我感受到強烈的惡寒！」

布偶裝轉身過去背對我們，秀出背上的拉鍊。

「糟糕，內容物要出來了！」

達克妮絲見狀，緊緊貼在布偶裝的背後，使盡渾身的力氣壓住拉鍊。

畫面看起來像是一個女孩子抱著布偶裝，但他們並不是在玩。

「我用『Bind』綁住他！頭目可以把那個傢伙的翅膀部分砍下來嗎？」

知道那個傢伙的內容物是什麼的我，覺得那個東西從布偶裝裡跑出來的話會非常麻煩。

我拉開特別訂製的纜線。

「別管我，和真！連我一起綁住吧！」

「『Bind』——！」

然後聽從達克妮絲的指示綁住布偶裝。

「唔！可、可惡……！」

和達克妮絲一起被綁住的布偶裝不停掙扎，試圖以他短短的小翅膀設法搆到背上的拉鍊。

就在這個時候。

「好燙……！啊嗚……！」

達克妮絲發出悲痛的聲音，像是在忍耐著什麼。

仔細一看，看似黑色觸手的東西，不是從拉鍊，而是從克莉絲捅出來的洞裡面爬了出來。

那些東西在達克妮絲背上噴灑黏液，黏液在接觸到達克妮絲的緊身衣的同時發出某種燒灼聲，還冒出煙來。

我伸手到腰際，拔出買來之後幾乎沒用過的愛刀，砍了過去。

灼傷達克妮絲的背部的觸手被我砍飛，在地板上不住彈跳。

「助手老弟，這個惡魔也太噁了吧！」

「我勸妳不要看內容物比較好！看起來非常噁爛！」

話說回來，惡魔的指甲是哪個部分啊？

看了一下我砍飛的觸手，也看不出有哪裡像指甲。

「達克妮絲，妳再忍耐一下！我現在就去剝這個傢伙的指甲……！」

重新握好匕首的克莉絲，往布偶裝的翅膀砍了下去！

「好痛啊啊啊啊啊！混帳，不准再拿那把匕首砍我了！」

布偶裝從側腹的洞，還有翅膀前端新開的洞伸出黑色觸手，對準了撿起翅膀的克莉絲。

但是……

「喂，對付觸手的是十字騎士，這是亙古不變的定律吧！」

依然和布偶裝綁在一起的達克妮絲，把手伸進破洞裡面。

布偶裝裡傳出燒灼聲。

趁著這個機會，克莉絲確認了一下被砍飛的翅膀裡面……

「達克妮絲，有了！惡魔的指甲！助手老弟，『Bind』大概多久會解開啊？」

克莉絲開心地這麼說，但我表示：

「那、那是我全力施展的『Bind』，短時間內恐怕是……」

「達克妮絲——！我現在就用匕首砍斷『Bind』的纜線！」

克莉絲連忙將翅膀拋過來我這邊，把匕首抵在纜線上。

「抱歉，那是特別訂製的纜線，是以祕銀合金打造而成……」

「啊啊啊啊夠了喔喔喔喔喔喔喔——！」

在尚未停歇的燒灼聲中，達克妮絲對著快要哭出來的克莉絲笑了笑。

「克莉絲，我沒事。先別管我了，妳跟和真兩個人帶著那根指甲先走吧。」

然後，她突然說出這種很不像她會說的話。

「放心吧，這個伯爵知道我的真實身分。他或許會為了洩憤而稍微虐待我一下，但是應該不敢殺了我才對。先別管我了，快走……！」

額頭上滿是冷汗的達克妮絲拚命這麼說。

而哭喪著臉的克莉絲舉起匕首，如此表示：

「只要用這把匕首亂捅一番……！」

「就會多出很多洞，然後冒出一堆觸手！頭目，妳聽這個傢伙的話先去馬車那邊！我還有一招想試一下！」

說完，我從行李裡面拿出一樣東西。

是聽說對方是巴尼爾認識的惡魔之後，我向阿克婭要來的東西。

「助手老弟、達克妮絲！稍微給我一點時間！我馬上回來！」

克莉絲一邊這麼說，一邊飛奔離開現場之後——！

「達克妮絲，妳把手從其中一個傷口抽出來！我要從破洞把阿克婭泡出來的高湯灌進布偶裝裡面！」

「我、我知道了……！不過，你也不要逞強，早點逃開，就算是我，面對如此強烈的觸手也撐不了多久……！」

「慢著，不要！這是什麼！好痛好痛，我的身體灼傷了！」

留在現場的，只剩下在這種極限狀態下依然有點喜孜孜的達克妮絲。

還有對著布偶裝灌阿克婭水的我——

「達克妮絲，展現妳的毅力！讓這個傢伙知道妳的體力和他的體力哪邊比較強！」

「包在我身上！來吧，絕雷西爾特伯爵，白天是我不慎落敗，不過這次我要好好讓你見識我的力量！」

「喂，這個女孩為何會湧現喜悅的情感啊！太奇怪了太奇怪了，這個女孩肯定有哪裡不對勁——！」

4

回到阿克塞爾的我們，一心一意朝著孤兒院前進。

「助手老弟助手老弟，孤兒院有前輩在對吧？我呢，就是……當作我有別的事情先離開了吧……」

哦，原來如此。

有阿克婭在，對克莉絲而言總是不太方便。

不過那個女神的眼睛跟瞎了沒兩樣，我不覺得克莉絲的真實身分會穿幫就是了……

「我知道了，我會這麼告訴大家的，謝謝妳的幫忙，頭目。」

「嗯，那我先走嘍。然後，好好看著這個孩子，別讓她太亂來。還有……」

克莉絲在安祥地睡在馬車裡的達克妮絲的頭上摸了一下。

「真希望有一天可以把我的真實身分也告訴這個孩子……」

說完，她便帶著靦腆的笑容離開了。

——在達克妮絲苦撐的期間，對著布偶裝狂灌阿克婭高湯的我，後來在達克妮絲昏過去之後，千方百計想要把達克妮絲拉開……

然後艾莉絲女神現身，把布偶裝痛毆了一頓。

或許會有人聽不懂我在說什麼，但老實說我自己說完也不太懂。

我唯一敢肯定的事情，就是抓狂的艾莉絲女神非常恐怖。

原本明明那麼想出來的絕雷西爾特伯爵，才看見艾莉絲女神一眼就拚命抵抗，不讓她打開拉練，艾莉絲女神則是試圖把內容物拖出來，雙方的戰鬥相當精彩。

艾莉絲女神因為大量削減了那個惡魔貴族的隻數而感到高興。至於那個布偶裝，該怎麼說呢，除了身為惡魔以外好像也沒有做什麼壞事，我也只能說他沒被消滅已經算是幸運了。

如此這般，我和再次變回克莉絲的艾莉絲女神一起把達克妮絲搬上馬車，像這樣回到鎮上來——

——揹著虛脫無力的達克妮絲，我打開孤兒院的門……！

「我帶藥材回來了！喂，阿克婭，麻煩妳治療達克妮絲！西兒菲娜沒事吧……」

開門之後，我竟然看見了……

「妳回來了，媽媽……！」

這究竟是怎麼回事呢？

我看見了笑容滿面的西兒菲娜……

「喂。」

給我等一下，這到底是怎樣？

為什麼這個孩子如此活蹦亂跳啊？

……就在這個時候。

「啊，啊啊，啊啊啊……！」

達克妮絲在我背上流下斗大的淚珠，叫出聲音來。

看來她不知不覺間已經醒了過來，並且發現了這個狀況。

看著達克妮絲從我背上下去，緊緊抱住西兒菲娜的模樣，我只好說：

「呃，達克妮絲也這麼高興，說起來也算是好事一樁沒錯……」

面對這樣的我們，在房間中央鋪了棉被，不知為何還被各種供品包圍的阿克婭開了口：

「哎呀，你們兩個回來啦！你們快看這些孩子們多麼有活力！」

到底發生了什麼事啊？

應該說，為什麼巴尼爾會揹著小朋友在哄，為什麼維茲倒在地板上還瀕臨消失，又為什麼惠惠一臉虛脫無力地趴在桌子上動也不動，之類的……

「你們回來啦，歡迎回來。」

趴倒在桌子上的惠惠抬起頭來對我們說。

「我們總算是拿到藥材了，不過這個慘狀是怎樣啊？」

「這個嘛……阿克婭因為想救小朋友們而拿出前所未見的幹勁，住進這裡使盡全力不斷詠唱恢復魔法……結果，恢復量似乎比受到病魔侵蝕而失去的體力還要多，大家都活力充沛到會嚇死人的程度。就像你看到的這樣……」

照這樣看來，我們根本不用跑這一趟吧？

正當我如此糾結的時候，用背巾把小朋友揹在背上的巴尼爾一邊搖著看似搖鈴的玩具一邊對我說：

「看來藥材都湊齊了呢。要是沒有這個女的進駐的話，孤兒院的小鬼們大概多半都已經喪命了吧。這個肌肉女孩的女兒也是，看起來很有活力，但體內的狀態確實很糟，所以汝等還是速速調配特效藥為佳。如果這個受人進貢女的幹勁沒了，肯定會陷入刻不容緩的事態……好了老闆，該汝上場了！」

聽巴尼爾說出這種一點也不好笑的話，我連忙拿出布偶裝的指甲，交給惠惠。

「辛苦你們了，達克妮絲、和真。剩下的就交給我這個紅魔族第一的天才吧。我已經熬夜查好要怎麼調配了！」

——調劑中——

「不對，要先放這個。我在學校學過，不會錯的！」

「蠢貨，惡魔的知識才是這個世間至高無上的正確解答。遵照吾所說的調配準沒錯……喂，麻煩女啊，汝剛才加了什麼？」

「不要來妨礙我們啦，古怪惡魔。我剛才加的是有阿克西斯標記的阿克婭水。這樣一來這種特效藥的藥效肯定可以提升好幾倍！」

「為什麼，為什麼汝老是要做這種多餘的事情！應該說，要是汝在藥劑完成之後不小心碰到，將藥劑變成水的話，汝打算怎麼負責啊，快點滾出去，汝這個瘟神！」

「各位，我這個魔道具店老闆的調劑單才是最正確的！放心，不會有錯的，請各位聽我說……！」

我打開孤兒院的門。

「無論怎樣都好，你們快點調啊！」

然後放聲大罵。

尾聲

——就這樣一直在一起

阿克塞爾附近的湖畔，閃現魔法的光芒。

「『Explosion』——！」

爆炸聲隨著強烈的閃光響徹四下。

同時大量的水蒸氣和霧氣也隨之飛揚，在湖上製造出彩虹。

「哇啊啊……」

看見這幅景象的西兒菲娜發出感嘆之聲，達克妮絲也帶著充滿慈愛的笑容輕撫她的頭。

「剛才的有幾分？」

「剛才的爆裂感覺威力略嫌不足，不過我認為妳是為了大病初癒的西兒菲娜著想才稍微壓低威力，對吧？」

謹慎起見，我向倒在身旁的惠惠這麼確認。

「就是這樣。身為真正的爆裂魔法師，控制其綽綽有餘的破壞力乃理所當然之事。既然有觀眾在場，為觀眾著想自然也是理所當然。」

「針對妳對爆裂魔法的那份愛，以及妳對觀眾的顧慮……今天的爆裂是滿分一百分！」

「多謝好評！多謝好評！多謝好評！」

趴倒在地上的惠惠一次又一次對我道謝，而達克妮絲一面以有點退縮的視線看著這樣的我們，一面表示：

「吶和真，你們平常都一直在幹這種蠢事嗎？」

「哎呀，達克妮絲，妳說蠢事是什麼意思？難道妳的意見也和阿克婭一樣嗎？」

「就是說啊，即使妳是達克妮絲，要是繼續說下去我也不會輕饒！」

在我之後，惠惠也加重了語氣如此宣言，像是在表示唯有這件事她不能放過。

「好，我知道了。我接受惠惠的挑戰。來吧，妳想從哪裡進攻都可以。」

「請等一下，達克妮絲。在這個狀態下來這套太狡猾了，請妳住手！啊啊啊啊，請等一下內褲要跑出來見人了，不要掀我的裙子！我也要跟和真一樣叫妳痴女妮絲喔……我知道了我投降，我投降就是了請妳住手！和真，快用『Drain Touch』幫我補給魔力！」

逼得無法動彈的惠惠認輸之後，達克妮絲又說：

「對了，阿克婭那到底是在做什麼啊？」

「她好像學習到可以利用爆裂魔法的衝擊波來抓魚了，最近這陣子她動不動就像這樣跟我們來，撿那些浮在湖面上的魚。」

「不過因為阿克婭會這麼做，我的爆裂魔法地點快要固定在這座湖了，讓我有點傷腦筋倒是真的……」

我們決定一邊看阿克婭在湖裡撿魚，一邊準備午餐。

今天吃的是三明治。

達克妮絲和西兒菲娜很羨慕我之前跟阿克婭還有惠惠來湖畔這裡野餐，所以才像這樣做了三明治帶過來……

「你們看，大豐收呢！回家之後，應該還可以分一隻給那顆邪惡的漆黑毛球當作禮物吧。」

「那個孩子最近胃口好像越來越刁了，既不吃生魚，也不吃味道太淡的東西。我想洗澡的時候還會跟我進去，看見阿克婭的換洗衣物就會伸爪去抓，到底是怎麼了啊……」

「等一下，妳說牠對我的換洗衣物做了什麼？為什麼那個孩子老是視我為敵啊？」

惠惠分到魔力之後，便以俐落的動作依照人數迅速串好要烤的魚，而我則是在達克妮絲撿回來的木柴上以「Tinder」點火。

看著這樣的我們，西兒菲娜就像是被帶來露營的小孩似的，帶著充滿期待的表情專心看著火上的魚。

「走進水裡撿魚的人是我，所以我要吃最大的這隻。」

「請等一下，阿克婭。把魚撿回來的是阿克婭沒錯，但是解決了這些魚的是我。最大隻的就應該由這個小隊裡最大咖的人，也就是本小姐來吃才對。」

「不然，我分半條魚出來好了……我也吃不了那麼多……」

「不可以喔，西兒菲娜，小孩子應該多吃一點才行。不然妳長大之後身體還是會像惠惠那樣營養不良喔。」

「哎呀，竟然敢說這種話！看來妳想用腕力來決定誰吃最大條的魚是吧，很好，我接受妳的挑戰！妳想從哪裡進攻都可以！」

看著吵起架來和小朋友沒兩樣的兩人，躺在稍遠處的草皮上的我，決定睡個午覺等魚烤好。

這時，同樣開心地看著阿克婭她們吵架的達克妮絲，在我身旁坐了下來……

「謝謝。」

達克妮絲沒有看向我這邊，輕聲冒出這句話。

「我明明一直說要保護你，結果這次又被你救了。」

嘴上雖然這麼說，達克妮絲的語氣卻隱約透露出開心之意。

「不只這次，我看今後也是吧。我最近都快要死心，決定乖乖當妳們的保姆了啊。也罷，對我而言，能成功救到那個孩子也就夠了。而且也好久沒做這種很有冒險者風範的事情了呢。」

我枕著手臂，閉著眼睛這麼回話，結果達克妮絲表示：

「……為了保險起見我姑且問一下，你真的不是蘿莉控吧？」

「小心我真的揍飛妳們喔！妳這麼懷疑的話，乾脆讓我用妳的身體證明自己不是蘿莉控算了！」

我忍不住跳了起來，這時達克妮絲轉過頭來，對著我咯咯笑了出來。

「你明明就沒那個膽量。」

這個傢伙。

「我之所以不會那麼猴急是有理由的啦。因為我……不對，因為這個城鎮的男性冒險者有一群非常可靠的夥伴。」

沒錯，只要那些大姊姊們一出手……

「這樣啊。那麼，希望你有朝一日可以告訴我那個理由。還有，你其實是帶著怎樣的使命從哪裡來的，順便也告訴我克莉絲的真實身分之類的吧。」

達克妮絲再次把視線從我身上移開，望著大家這麼說……

「咦！妳是怎樣，克莉絲提到真實身分那些的時候，妳已經醒了嗎！」

「那還用得著說嗎，我可是號稱防禦力和體力皆屬這個城鎮最強的十字騎士呢，怎麼可能一直睡下去啊？總有一天，我要好好花時間對克莉絲說教。」

說著，達克妮絲還是沒有看向我這邊，只是露出開心的笑容。

「……啊啊，看來我果然比自己以為的還要喜歡你呢……」

然後一副已經看開了的樣子，帶著苦笑這麼說。

……別、別這樣好嗎，我又想哭了。

「我……就是……我對惠惠……」

「我明白。」

在我還沒說出口之前，達克妮絲已經打斷了我的話。

「我的年紀比你們還大，而且又是貴族。我並不打算做出橫刀奪愛、拆散你們之類的幼稚舉動。更重要的是，那也不是我的期望。可是……」

單手撩起頭髮的她，以偷襲的方式把臉湊到躺著的我的臉上——

「稍微像這樣騷擾一下你們，應該還在容許範圍內吧？」

「妳、妳這個傢伙……！」

不只一次，還來第二次啊……！

見達克妮絲露出惡作劇成功的表情，被她逗著玩的我為了回敬她，只好逞一下口舌之快。

「妳這個傢伙好歹考慮一下時間和場合吧。應該說，妳看一下後面。」

「？」

聽我這麼說而轉過頭去的達克妮絲瞬間僵住。

出現在她眼前的是拿烤魚過來給她的西兒菲娜，瞪大了眼睛，並且驚訝得不住顫抖……

「媽、媽媽……！對、對不起，我……」

「等、等一下，西兒菲娜！這……！」

在她身旁的，是拿著看似要給我的烤魚的惠惠，眼睛閃現紅光。

「妳想傳達自己的心意我隨便妳，但是我可沒叫妳對他動手動腳！把小孩交給別人照顧自己跟男人亂搞，妳這個女生未免也太好色了吧！」

「可、可是……！可是……！」

最後還是一樣棋差一著的達克妮絲一臉快要哭出來的樣子，試圖辯解。

「我得傳出去……達克妮絲襲擊和真先生，我得快點把這件事告訴大家才行……！」

「不不、不是——！不對，也不能說不是這樣！啊啊，等一下阿克婭，妳別走啊！」

正當達克妮絲急急忙忙地追著拔腿衝向鎮上的阿克婭時，看著這樣的她們兩個，我不禁在心中祈願。

「總覺得這樣很有後宮系主角的感覺，好像也很不錯呢。一路走來發生過很多辛苦的事情，不過我的運氣好像真的很好。」

「你這個男人！」

希望和這幾個傢伙在一起的這種生活，能夠一直一直持續下去——

後記

非常感謝各位這次購買了第十二集。

最近我開始自炊了。

水炊雞肉鍋、咖哩、奶油濃湯、什錦粥等等，時至今日我會煮的東西也越來越多了。

感覺可能會有人說怎麼全部都是用湯鍋煮的東西，不過我倒覺得只要有湯鍋就意外的有辦法自炊而相當感動呢。

如果想為了不知道哪天被送到異世界去而做準備的話，不妨每天走到哪裡都帶著湯鍋，謹在此推薦各位。

事情就是這樣，這一集是達克妮絲的故事。

內容感覺怎麼看都是戀愛喜劇作品，不過真正要寫戀愛喜劇作品的話，我想正式在別的作品認真寫戀愛喜劇，所以這邊的口味應該不會變得比現在更甜了才對。

總覺得我以前好像也說過類似的話，所以關於我會不會信守諾言，我也只能說各位別太

期待了。

關於最近存在感越來越薄弱的阿克婭，我想她也會有可以好好表現的機會。

等到開始聚焦在阿克婭身上之後才是重頭戲。

話雖如此，也不會是女主角般的表現就是了。

這一集出版的時候，我在時間方面應該也比較比較寬裕了，希望可以利用這段時間重新推敲最後的劇情。

電視動畫版結束之後，還有電玩版等各式各樣的作品，可以的話也請各位多多指教！

如此這般，這一集也要多虧以三嶋くろね老師為首、S責編，以及其他許許多多的工作人員，才能夠順利出版。

這一集真的已經拖到最後的最後完全沒有時間的狀態，所以給各位添了比平常還要多的麻煩，在此由衷向各位道歉，非常抱歉、非常抱歉……！

雖然都已經十二集了，不過應該還要再稍微麻煩一下各位，趁現在先向各位道聲歉。

在此同時，也要向各位工作人員表達感謝之意。

最重要的，還是要向拿起這本書的各位讀者，致上最深的感謝！

曉なつめ

後記

這次的達克妮絲
是個非常少女的孩子呢…!!
實在是讓我非常心動。
加油啊，拉拉蒂娜!!

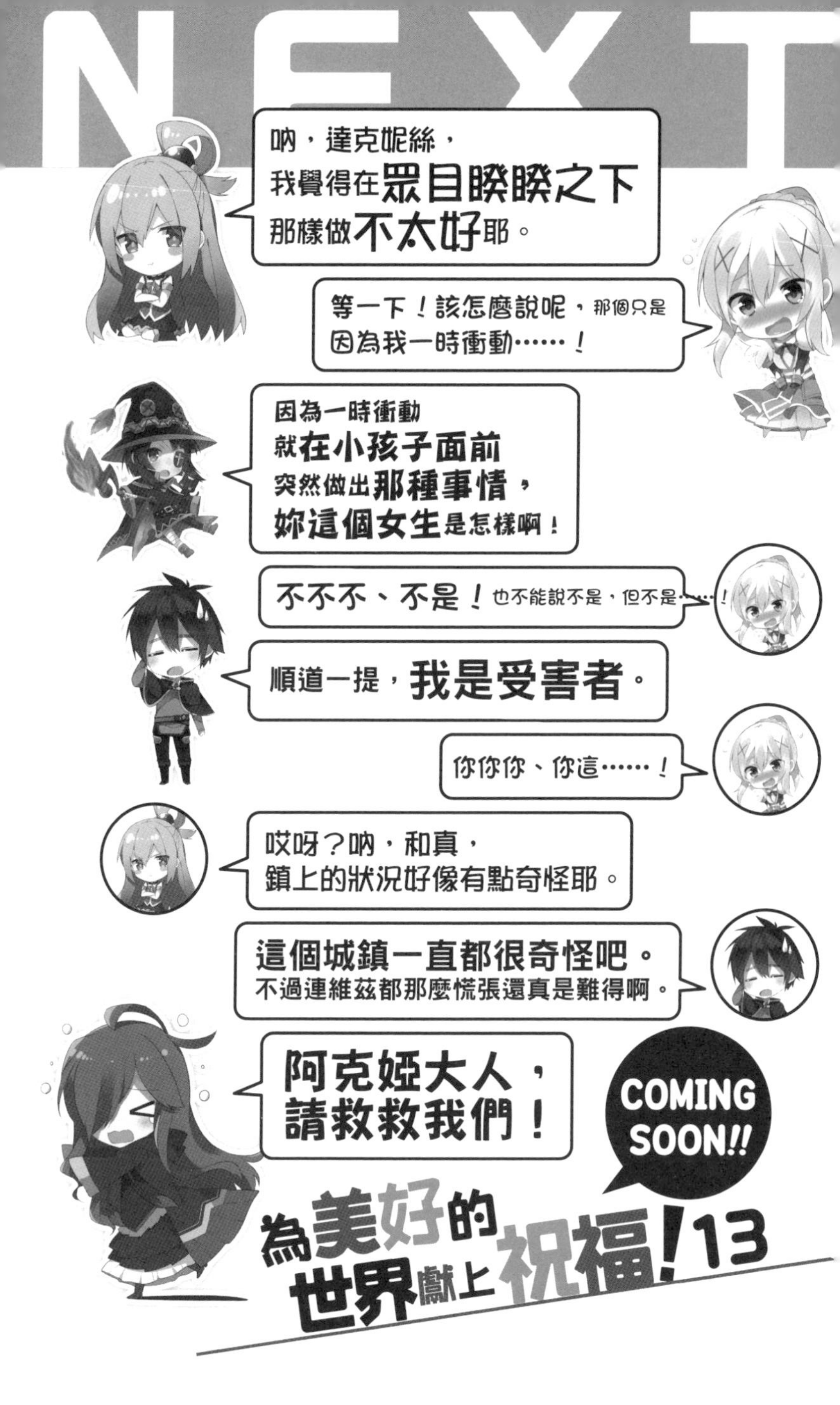
NEXT
吶，達克妮絲，我覺得在眾目睽睽之下那樣做不太好耶。
等一下！該怎麼說呢，那個只是因為我一時衝動……！
因為一時衝動就在小孩子面前突然做出那種事情，妳這個女生是怎樣啊！
不不不、不是！也不能說不是，但不是……！
順道一提，我是受害者。
你你你、你這……！
哎呀？吶，和真，鎮上的狀況好像有點奇怪耶。
這個城鎮一直都很奇怪吧。不過連維茲都那麼慌張還真是難得啊。
阿克婭大人，請救救我們！
COMING SOON!!
為美好的世界獻上祝福！13

國家圖書館出版品預行編目資料

為美好的世界獻上祝福!. 12, 女騎士的搖籃曲 / 曉なつめ作 ; kazano譯.
-- 初版. -- 臺北市 : 臺灣角川, 2018.07
面 ; 公分
譯自 : この素晴らしい世界に祝福を!. 12, 女騎士のララバイ
ISBN 978-957-564-294-5(平裝)

861.57　　107007888

Kadokawa
Fantastic
Novels

為美好的世界獻上祝福！ 12
女騎士的搖籃曲

（原著名：この素晴らしい世界に祝福を！ 12 女騎士のララバイ）

2018年8月16日 初版第1刷發行
2024年3月22日 初版第8刷發行

作　者：暁なつめ
插　畫：三嶋くろね
譯　者：kazano

發 行 人：台灣角川股份有限公司
總 監：呂慧君
總 編 輯：蔡佩芬
主　編：林秀儒
副 主 編：楊鎮遠
設計指導：陳晞叡
印　務：李明修（主任）、張加恩（主任）、張凱棋

發 行 所：台灣角川股份有限公司
地　址：104台北市中山區松江路223號3樓
電　話：（02）2515-3000
傳　真：（02）2515-0033
網　址：www.kadokawa.com.tw
劃撥帳戶：台灣角川股份有限公司
劃撥帳號：19487412
法律顧問：有澤法律事務所
製　版：尚騰印刷事業有限公司
ISBN：978-957-564-294-5